Heinrich Heine
Gedichte. 1853 und 1854
Lyrischer Nachlaß

Vermischte Schriften

von

Heinrich Heine.

Erster Band.

Hamburg.
Hoffmann und Campe.
1854.

Heinrich Heine

Gedichte. 1853 und 1854
Lyrischer Nachlaß

Herausgegeben von
Bernd Kortländer

Philipp Reclam jun.
Stuttgart

Umschlagabbildung:
Heinrich Heine. Bleistiftzeichnung
von Marcellin-Gilbert Desboutin, nach 1853

Das Faksimile Seite 2 zeigt die Titelei des ersten Bandes
von Heines *Vermischten Schriften*, worin die
Gedichte. 1853 und 1854 erstmals erschienen

Universal-Bibliothek Nr. 2251

Gesamtherstellung: Reclam, Ditzingen. Printed in Germany 1997
RECLAM und UNIVERSAL-BIBLIOTHEK sind eingetragene Marken
der Philipp Reclam jun. GmbH & Co., Stuttgart
ISBN 3-15-002251-7

Gedichte

1853 und 1854

I

Ruhelechzend

Laß bluten deine Wunden, laß
Die Tränen fließen unaufhaltsam –
Geheime Wollust schwelgt im Schmerz,
Und Weinen ist ein süßer Balsam.

Verwundet dich nicht fremde Hand,
So mußt du selber dich verletzen;
Auch danke hübsch dem lieben Gott,
Wenn Zähren deine Wangen netzen.

Des Tages Lärm verhallt, es steigt
Die Nacht herab mit langen Flören.
In ihrem Schoße wird kein Schelm,
Kein Tölpel deine Ruhe stören.

Hier bist du sicher vor Musik,
Vor des Piano-Fortes Folter,
Und vor der großen Oper Pracht
Und schrecklichem Bravourgepolter.

Hier wirst du nicht verfolgt, geplagt
Vom eitlen Virtuosenpacke
Und vom Genie Giacomos
Und seiner Weltberühmtheitsclaque.

O Grab, du bist das Paradies
Für pöbelscheue, zarte Ohren –
Der Tod ist gut, doch besser wär's,
Die Mutter hätt uns nie geboren.

II
Im Mai

Die Freunde, die ich geküßt und geliebt,
Die haben das Schlimmste an mir verübt.
Mein Herze bricht; doch droben die Sonne,
Lachend begrüßt sie den Monat der Wonne.

Es blüht der Lenz. Im grünen Wald
Der lustige Vogelgesang erschallt,
Und Mädchen und Blumen, sie lächeln jungfräulich –
O schöne Welt, du bist abscheulich!

Da lob ich mir den Orcus fast;
Dort kränkt uns nirgends ein schnöder Kontrast;
Für leidende Herzen ist es viel besser
Dort unten am stygischen Nachtgewässer.

Sein melancholisches Geräusch,
Der Stymphaliden ödes Gekreisch,
Der Furien Singsang, so schrill und grell,
Dazwischen des Cerberus' Gebell –

Das paßt verdrießlich zu Unglück und Qual –
Im Schattenreich, dem traurigen Tal,
In Proserpinens verdammten Domänen,
Ist alles im Einklang mit unseren Tränen.

Hier oben aber, wie grausamlich
Sonne und Rosen stechen sie mich!
Mich höhnt der Himmel, der bläulich und mailich –
O schöne Welt, du bist abscheulich!

III

Leib und Seele

Die arme Seele spricht zum Leibe:
Ich laß nicht ab von dir, ich bleibe
Bei dir – Ich will mit dir versinken
In Tod und Nacht, Vernichtung trinken!
Du warst ja stets mein zweites Ich,
Das liebevoll umschlungen mich,
Als wie ein Festkleid von Satin,
Gefüttert weich mit Hermelin –
Weh mir! jetzt soll ich gleichsam nackt,
Ganz ohne Körper, ganz abstrakt,
Hinlungern als ein selges Nichts
Dort oben in dem Reich des Lichts,
In jenen kalten Himmelshallen,
Wo schweigend die Ewigkeiten wallen
Und mich angähnen – sie klappern dabei
Langweilig mit ihren Pantoffeln von Blei.
O das ist grauenhaft; o bleib,
Bleib bei mir, du geliebter Leib!
Der Leib zur armen Seele spricht:
O tröste dich und gräm dich nicht!
Ertragen müssen wir in Frieden
Was uns vom Schicksal ward beschieden.
Ich war der Lampe Docht, ich muß
Verbrennen; du, der Spiritus,
Wirst droben auserlesen sein
Zu leuchten als ein Sternelein
Vom reinsten Glanz – Ich bin nur Plunder,
Materie nur, wie morscher Zunder
Zusammensinkend, und ich werde,
Was ich gewesen, eitel Erde.
Nun lebe wohl und tröste dich!
Vielleicht auch amüsiert man sich

Im Himmel besser als du meinst.
Siehst du den großen Bären einst
(Nicht Meyer-Bär) im Sternensaal,
Grüß ihn von mir viel tausendmal!

IV
Rote Pantoffeln

Gar böse Katze, so alt und grau,
Sie sagte, sie sei eine Schustersfrau;
Auch stand vor ihrem Fenster ein Lädchen,
Worin Pantoffeln für junge Mädchen,
Pantöffelchen von Maroquin,
Von Safian und von Satin,
Von Samt mit goldnen Borden garniert
Und buntgeblümten Bändern verziert.
Am lieblichsten dort zu schauen war
Ein scharlachrotes Pantöffelchenpaar;
Es hat mit seiner Farbenpracht
Gar manchem Dirnchen ins Herz gelacht.

Eine junge weiße Edelmaus,
Die ging vorbei dem Schusterhaus,
Kehrt wieder um, dann blieb sie stehn,
Tät nochmals durch das Fenster sehn –
Sprach endlich: Ich grüß Euch, Frau Kitze, Frau Katze,
Gar schöne rote Pantöffelchen hat Sie;
Sind sie nicht teuer, ich kauf sie Euch ab,
Sagt mir wie viel ich zu zahlen hab.

Die Katze rief: Mein Jüngferlein,
Ich bitte gehorsamst, treten Sie ein,
Geruhen Sie mein Haus zu beehren
Mit Dero Gegenwart; es verkehren

Mit mir die allerschönsten Madel
Und Herzoginnen, der höchste Adel –
Die Töffelchen will ich wohlfeil lassen –
Doch laßt uns sehn, ob sie Euch passen –
Ach, treten Sie ein und nehmen Sie Platz –

So flötet die boshaft listige Katz,
Und das weiße, unerfahrene Ding
In die Mördergrub, in die Falle ging –
Auf eine Bank setzt sich die Maus
Und streckt ihr kleines Beinchen aus,
Um anzuprobieren die roten Schuhe –
Sie war ein Bild von Unschuld und Ruhe –
Da packt sie plötzlich die böse Katze
Und würgt sie mit der grimmigen Tatze,
Und beißt ihr ab das arme Köpfchen,
Und spricht: Mein liebes, weißes Geschöpfchen,
Mein Mäuschen, du bist mausetot!
Jedoch die Pantöffelchen scharlachrot,
Die will ich stellen auf deine Gruft;
Und wenn die Weltposaune ruft
Zum jüngsten Tanz, o weiße Maus,
Aus deinem Grab steigst du heraus,
Ganz wie die andern, und sodann
Ziehst du die roten Pantöffelchen an.

Moral

Ihr weißen Mäuschen, nehmt euch in acht,
Laßt euch nicht ködern von weltlicher Pracht!
Ich rat euch, lieber barfuß zu laufen,
Als bei der Katze Pantoffeln zu kaufen.

V

Babylonische Sorgen

Mich ruft der Tod – Ich wollt, o Süße,
Daß ich dich in einem Wald verließe,
In einem jener Tannenforsten,
Wo Wölfe heulen, Geier horsten
Und schrecklich grunzt die wilde Sau,
Des blonden Ebers Ehefrau.

Mich ruft der Tod – Es wär noch besser,
Müßt ich auf hohem Seegewässer
Verlassen dich, mein Weib, mein Kind,
Wenn gleich der tolle Nordpolwind
Dort peitscht die Wellen, und aus den Tiefen
Die Ungetüme, die dort schliefen,
Haifisch' und Krokodile, kommen
Mit offnem Rachen emporgeschwommen –

Glaub mir, mein Kind, mein Weib, Mathilde,
Nicht so gefährlich ist das wilde,
Erzürnte Meer und der trotzige Wald,
Als unser jetziger Aufenthalt!
Wie schrecklich auch der Wolf und der Geier,
Haifische und sonstige Meerungeheuer:
Viel grimmere, schlimmere Bestien enthält
Paris, die leuchtende Hauptstadt der Welt,
Das singende, springende, schöne Paris,
Die Hölle der Engel, der Teufel Paradies –
Daß ich dich hier verlassen soll,
Das macht mich verrückt, das macht mich toll!

Mit spöttischem Sumsen mein Bett umschwirrn
Die schwarzen Fliegen; auf Nas und Stirn
Setzen sie sich – fatales Gelichter!
Etwelche haben wie Menschengesichter,

Auch Elefantenrüssel daran,
Wie Gott Ganesa in Hindostan. – –
In meinem Hirne rumort es und knackt,
Ich glaube, da wird ein Koffer gepackt,
Und mein Verstand reist ab – o wehe –
Noch früher als ich selber gehe.

VI

Das Sklavenschiff

1

Der Superkargo Mynheer van Koek
Sitzt rechnend in seiner Kajüte;
Er kalkuliert der Ladung Betrag
Und die probabeln Profite.

»Der Gummi ist gut, der Pfeffer ist gut,
Dreihundert Säcke und Fässer;
Ich habe Goldstaub und Elfenbein –
Die schwarze Ware ist besser.

Sechshundert Neger tauschte ich ein
Spottwohlfeil am Senegalflusse.
Das Fleisch ist hart, die Sehnen sind stramm,
Wie Eisen vom besten Gusse.

Ich hab zum Tausche Branntewein,
Glasperlen und Stahlzeug gegeben;
Gewinne daran achthundert Prozent,
Bleibt mir die Hälfte am Leben.

Bleiben mir Neger dreihundert nur
Im Hafen von Rio Janeiro,
Zahlt dort mir hundert Dukaten per Stück
Das Haus Gonzales Perreiro.«

Da plötzlich wird Mynheer van Koek
Aus seinen Gedanken gerissen;
Der Schiffschirurgius tritt herein,
Der Doktor van der Smissen.

Das ist eine klapperdürre Figur,
Die Nase voll roter Warzen –
Nun, Wasserfeldscherer, ruft van Koek,
Wie geht's meinen lieben Schwarzen?

Der Doktor dankt der Nachfrage und spricht:
»Ich bin zu melden gekommen,
Daß heute Nacht die Sterblichkeit
Bedeutend zugenommen.

Im Durchschnitt starben täglich zwei,
Doch heute starben sieben,
Vier Männer, drei Frauen – Ich hab den Verlust
Sogleich in die Kladde geschrieben.

Ich inspizierte die Leichen genau;
Denn diese Schelme stellen
Sich manchmal tot, damit man sie
Hinabwirft in die Wellen.

Ich nahm den Toten die Eisen ab;
Und wie ich gewöhnlich tue,
Ich ließ die Leichen werfen ins Meer
Des Morgens in der Fruhe.

Es schossen alsbald hervor aus der Flut
Haifische, ganze Heere,
Sie lieben so sehr das Negerfleisch;
Das sind meine Pensionäre.

Sie folgten unseres Schiffes Spur,
Seit wir verlassen die Küste;
Die Bestien wittern den Leichengeruch,
Mit schnupperndem Fraßgelüste.

Es ist possierlich anzusehn,
Wie sie nach den Toten schnappen!
Die faßt den Kopf, die faßt das Bein,
Die andern schlucken die Lappen.

Ist alles verschlungen, dann tummeln sie sich
Vergnügt um des Schiffes Planken
Und glotzen mich an, als wollten sie
Sich für das Frühstück bedanken.«

Doch seufzend fällt ihm in die Red
Van Koek: Wie kann ich lindern
Das Übel? wie kann ich die Progression
Der Sterblichkeit verhindern?

Der Doktor erwidert: »Durch eigne Schuld
Sind viele Schwarze gestorben;
Ihr schlechter Odem hat die Luft
Im Schiffsraum so sehr verdorben.

Auch starben viele durch Melancholie,
Dieweil sie sich tödlich langweilen;
Durch etwas Luft, Musik und Tanz
Läßt sich die Krankheit heilen.«

Da ruft van Koek: »Ein guter Rat!
Mein teurer Wasserfeldscherer
Ist klug wie Aristoteles,
Des Alexanders Lehrer.

Der Präsident der Sozietät
Der Tulpenveredlung im Delfte
Ist sehr gescheit, doch hat er nicht
Von Eurem Verstande die Hälfte.

Musik! Musik! Die Schwarzen solln
Hier auf dem Verdecke tanzen.
Und wer sich beim Hopsen nicht amüsiert,
Den soll die Peitsche kuranzen.«

2

Hoch aus dem blauen Himmelszelt
Viel tausend Sterne schauen,
Sehnsüchtig glänzend, groß und klug,
Wie Augen von schönen Frauen.

Sie blicken hinunter in das Meer,
Das weithin überzogen
Mit phosphorstrahlendem Purpurduft;
Wollüstig girren die Wogen.

Kein Segel flattert am Sklavenschiff,
Es liegt wie abgetakelt;
Doch schimmern Laternen auf dem Verdeck,
Wo Tanzmusik spektakelt.

Die Fiedel streicht der Steuermann,
Der Koch, der spielt die Flöte,
Ein Schiffsjung schlägt die Trommel dazu,
Der Doktor bläst die Trompete.

Wohl hundert Neger, Männer und Fraun,
Sie jauchzen und hopsen und kreisen
Wie toll herum; bei jedem Sprung
Taktmäßig klirren die Eisen.

Sie stampfen den Boden mit tobender Lust,
Und manche schwarze Schöne
Umschlingt wollüstig den nackten Genoß –
Dazwischen ächzende Töne.

Der Büttel ist maître des plaisirs,
Und hat mit Peitschenhieben
Die lässigen Tänzer stimuliert,
Zum Frohsinn angetrieben.

Und Dideldumdei und Schnedderedeng!
Der Lärm lockt aus den Tiefen
Die Ungetüme der Wasserwelt,
Die dort blödsinnig schliefen.

Schlaftrunken kommen geschwommen heran
Haifische, viele hundert;
Sie glotzen nach dem Schiff hinauf,
Sie sind verdutzt, verwundert.

Sie merken, daß die Frühstückstund
Noch nicht gekommen, und gähnen,
Aufsperrend den Rachen; die Kiefer sind
Bepflanzt mit Sägezähnen.

Und Dideldumdei und Schneddereden –
Es nehmen kein Ende die Tänze.
Die Haifische beißen vor Ungeduld
Sich selber in die Schwänze.

Ich glaube, sie lieben nicht die Musik,
Wie viele von ihrem Gelichter.
Trau keiner Bestie, die nicht liebt
Musik! sagt Albions großer Dichter.

Und Schnedderedeng und Dideldumdei –
Die Tänze nehmen kein Ende.
Am Fockmast steht Mynheer van Koek
Und faltet betend die Hände:

»Um Christi willen verschone, o Herr,
Das Leben der schwarzen Sünder!
Erzürnten sie dich, so weißt du ja,
Sie sind so dumm wie die Rinder.

Verschone ihr Leben um Christi will'n,
Der für uns alle gestorben!
Denn bleiben mir nicht dreihundert Stück,
So ist mein Geschäft verdorben.«

VII
Affrontenburg

Die Zeit verfließt, jedoch das Schloß,
Das alte Schloß mit Turm und Zinne
Und seinem blöden Menschenvolk,
Es kommt mir nimmer aus dem Sinne.

Ich sehe stets die Wetterfahn,
Die auf dem Dach sich rasselnd drehte.
Ein jeder blickte scheu hinauf,
Bevor er nur den Mund auftäte.

Wer sprechen wollt, erforschte erst
Den Wind, aus Furcht, es möchte plötzlich
Der alte Brummbär Boreas
Anschnauben ihn nicht sehr ergötzlich.

Die Klügsten freilich schwiegen ganz –
Denn ach, es gab an jenem Orte
Ein Echo, das im Widerklatsch
Boshaft verfälschte alle Worte.

Inmitten im Schloßgarten stand
Ein sphinxgezierter Marmorbronnen,
Der immer trocken war, obgleich
Gar manche Träne dort geronnen.

Vermaledeiter Garten! Ach,
Da gab es nirgends eine Stätte,
Wo nicht mein Herz gekränket ward,
Wo nicht mein Aug geweinet hätte.

Da gab's wahrhaftig keinen Baum,
Worunter nicht Beleidigungen
Mir zugefüget worden sind,
Von feinen und von groben Zungen.

Die Kröte, die im Gras gelauscht,
Hat alles mitgeteilt der Ratte,
Die ihrer Muhme Viper gleich
Erzählt, was sie vernommen hatte.

Die hat's gesagt dem Schwager Frosch –
Und solcherweis erfahren konnte
Die ganze schmutzge Sippschaft stracks
Die mir erwiesenen Affronte.

Des Gartens Rosen waren schön,
Und lieblich lockten ihre Düfte;
Doch früh hinwelkend starben sie
An einem sonderbaren Gifte.

Zu Tod ist auch erkrankt seitdem
Die Nachtigall, der edle Sprosser,
Der jenen Rosen sang sein Lied; –
Ich glaub, vom selben Gift genoß er.

Vermaledeiter Garten! Ja,
Es war, als ob ein Fluch drauf laste;
Manchmal am hellen lichten Tag
Mich dort Gespensterfurcht erfaßte.

Mich grinste an der grüne Spuk,
Er schien mich grausam zu verhöhnen,
Und aus den Taxusbüschen drang
Alsbald ein Ächzen, Röcheln, Stöhnen.

Am Ende der Allee erhob
Sich die Terrasse, wo die Wellen
Der Nordsee, zu der Zeit der Flut,
Tief unten am Gestein zerschellen.

Dort schaut man weit hinaus ins Meer.
Dort stand ich oft in wilden Träumen.
Brandung war auch in meiner Brust –
Das war ein Tosen, Rasen, Schäumen –

Ein Schäumen, Rasen, Tosen war's,
Ohnmächtig gleichfalls wie die Wogen,
Die kläglich brach der harte Fels,
Wie stolz sie auch herangezogen.

Mit Neid sah ich die Schiffe ziehn
Vorüber nach beglückten Landen –
Doch mich hielt das verdammte Schloß
Gefesselt in verfluchten Banden.

VIII

Zum Lazarus

1

Laß die heilgen Parabolen,
Laß die frommen Hypothesen –
Suche die verdammten Fragen
Ohne Umschweif uns zu lösen.

Warum schleppt sich blutend, elend,
Unter Kreuzlast der Gerechte,
Während glücklich als ein Sieger
Trabt auf hohem Roß der Schlechte?

Woran liegt die Schuld? Ist etwa
Unser Herr nicht ganz allmächtig?
Oder treibt er selbst den Unfug?
Ach, das wäre niederträchtig.

Also fragen wir beständig,
Bis man uns mit einer Handvoll
Erde endlich stopft die Mäuler –
Aber ist das eine Antwort?

2

Es hatte mein Haupt die schwarze Frau
Zärtlich ans Herz geschlossen;
Ach! meine Haare wurden grau,
Wo ihre Tränen geflossen.

Sie küßte mich lahm, sie küßte mich krank,
Sie küßte mir blind die Augen;
Das Mark aus meinem Rückgrat trank
Ihr Mund mit wildem Saugen.

Mein Leib ist jetzt ein Leichnam, worin
Der Geist ist eingekerkert –
Manchmal wird ihm unwirsch zu Sinn,
Er tobt und rast und berserkert.

Ohnmächtige Flüche! Dein schlimmster Fluch
Wird keine Fliege töten.
Ertrage die Schickung, und versuch
Gelinde zu flennen, zu beten.

3

Wie langsam kriechet sie dahin,
Die Zeit, die schauderhafte Schnecke!
Ich aber, ganz bewegunglos
Blieb ich hier auf demselben Flecke.

In meine dunkle Zelle dringt
Kein Sonnenstrahl, kein Hoffnungsschimmer;
Ich weiß, nur mit der Kirchhofsgruft
Vertausch ich dies fatale Zimmer.

Vielleicht bin ich gestorben längst;
Es sind vielleicht nur Spukgestalten
Die Phantasien, die des Nachts
Im Hirn den bunten Umzug halten.

Es mögen wohl Gespenster sein,
Altheidnisch göttlichen Gelichters;
Sie wählen gern zum Tummelplatz
Den Schädel eines toten Dichters. –

Die schaurig süßen Orgia,
Das nächtlich tolle Geistertreiben,
Sucht des Poeten Leichenhand
Manchmal am Morgen aufzuschreiben.

4

Einst sah ich viele Blumen blühen
An meinem Weg; jedoch zu faul,
Mich pflückend nieder zu bemühen,
Ritt ich vorbei auf stolzem Gaul.

Jetzt, wo ich todessiech und elend,
Jetzt, wo geschaufelt schon die Gruft,
Oft im Gedächtnis höhnend, quälend,
Spukt der verschmähten Blumen Duft.

Besonders eine feuergelbe
Viole brennt mir stets im Hirn.
Wie reut es mich, daß ich dieselbe
Nicht einst genoß, die tolle Dirn.

Mein Trost ist: Lethes Wasser haben
Noch jetzt verloren nicht die Macht,
Das dumme Menschenherz zu laben
Mit des Vergessens süßer Nacht.

5

Ich sah sie lachen, sah sie lächeln,
Ich sah sie ganz zu Grunde gehn;
Ich hört ihr Weinen und ihr Röcheln,
Und habe ruhig zugesehn.

Leidtragend folgt ich ihren Särgen,
Und bis zum Kirchhof ging ich mit;
Hernach, ich will es nicht verbergen,
Speist' ich zu Mittag mit App'tit.

Doch jetzt auf einmal mit Betrübnis
Denk ich der längstverstorbnen Schar;
Wie lodernd plötzliche Verliebnis,
Stürmt's auf im Herzen wunderbar!

Besonders sind es Julchens Tränen,
Die im Gedächtnis rinnen mir;
Die Wehmut wird zu wildem Sehnen,
Und Tag und Nacht ruf ich nach ihr! – –

Oft kommt zu mir die tote Blume
Im Fiebertraum; alsdann zumut
Ist mir, als böte sie postume
Gewährung meiner Liebesglut.

O zärtliches Phantom, umschließe
Mich fest und fester, deinen Mund
Drück ihn auf meinen Mund – versüße
Die Bitternis der letzten Stund!

6

Du warst ein blondes Jungfräulein, so artig,
So niedlich und so kühl – vergebens harrt ich
Der Stunde, wo dein Herze sich erschlösse,
Und sich daraus Begeisterung ergösse –

Begeisterung für jene hohen Dinge,
Die zwar Verstand und Prosa achten g'ringe,
Für die jedoch die Edlen, Schönen, Guten
Auf dieser Erde schwärmen, leiden, bluten.

Am Strand des Rheins, wo Rebenhügel ragen,
Ergingen wir uns einst in Sommertagen.
Die Sonne lachte; aus den liebevollen
Kelchen der Blumen Wohlgerüche quollen.

Die Purpurnelken und die Rosen sandten
Uns rote Küsse, die wie Flammen brannten.
Im kümmerlichsten Gänseblümchen schien
Ein ideales Leben aufzublühn.

Du aber gingest ruhig neben mir,
Im weißen Atlaskleid, voll Zucht und Zier,
Als wie ein Mädchenbild gemalt von Netscher;
Ein Herzchen im Korsett wie'n kleiner Gletscher.

7

Vom Schöppenstuhle der Vernunft
Bist du vollständig freigesprochen;
Das Urtel sagt: die Kleine hat
Durch Tun und Reden nichts verbrochen.

Ja, stumm und tatlos standest du,
Als mich verzehrten tolle Flammen –
Du schürtest nicht, du sprachst kein Wort,
Und doch muß dich mein Herz verdammen.

In meinen Träumen jede Nacht
Klagt eine Stimme, die bezüchtet
Des bösen Willens dich, und sagt,
Du habest mich zugrund gerichtet.

Sie bringt Beweis und Zeugnis bei,
Sie schleppt ein Bündel von Urkunden;
Jedoch am Morgen, mit dem Traum,
Ist auch die Klägerin verschwunden.

Sie hat in meines Herzens Grund
Mit ihren Akten sich geflüchtet –
Nur eins bleibt im Gedächtnis mir,
Das ist: ich bin zugrund gerichtet.

8

Ein Wetterstrahl, beleuchtend plötzlich
Des Abgrunds Nacht, war mir dein Brief;
Er zeigte blendend hell, wie tief
Mein Unglück ist, wie tief entsetzlich.

Selbst dich ergreift ein Mitgefühl!
Dich, die in meines Lebens Wildnis
So schweigsam standest, wie ein Bildnis,
Das marmorschön und marmorkühl.

O Gott, wie muß ich elend sein!
Denn sie sogar beginnt zu sprechen,
Aus ihrem Auge Tränen brechen,
Der Stein sogar erbarmt sich mein!

Erschüttert hat mich, was ich sah!
Auch du erbarm dich mein und spende
Die Ruhe mir, o Gott, und ende
Die schreckliche Tragödia.

9

Die Gestalt der wahren Sphinx
Weicht nicht ab von der des Weibes;
Faselei ist jener Zusatz
Des betatzten Löwenleibes.

Todesdunkel ist das Rätsel
Dieser wahren Sphinx. Es hatte
Kein so schweres zu erraten
Frau Jokastens Sohn und Gatte.

Doch zum Glücke kennt sein eignes
Rätsel nicht das Frauenzimmer;
Spräch es aus das Lösungswort,
Fiele diese Welt in Trümmer.

10

Es sitzen am Kreuzweg drei Frauen,
Sie grinsen und spinnen,
Sie seufzen und sinnen;
Sie sind gar häßlich anzuschauen.

Die erste trägt den Rocken,
Sie dreht die Fäden,
Befeuchtet jeden;
Deshalb ist die Hängelippe so trocken.

Die zweite läßt tanzen die Spindel;
Das wirbelt im Kreise,
In drolliger Weise;
Die Augen der Alten sind rot wie Zindel.

Es hält die dritte Parze
In Händen die Schere,
Sie summt Miserere;
Die Nase ist spitz, drauf sitzt eine Warze.

O spute dich und zerschneide
Den Faden, den bösen,
Und laß mich genesen
Von diesem schrecklichen Lebensleide!

11

Mich locken nicht die Himmelsauen
Im Paradies, im selgen Land;
Dort find ich keine schönre Frauen
Als ich bereits auf Erden fand.

Kein Engel mit den feinsten Schwingen
Könnt mir ersetzen dort mein Weib;
Auf Wolken sitzend Psalmen singen,
Wär auch nicht just mein Zeitvertreib.

O Herr! ich glaub, es wär das beste,
Du ließest mich in dieser Welt;
Heil' nur zuvor mein Leibgebreste,
Und sorge auch für etwas Geld.

Ich weiß, es ist voll Sünd und Laster
Die Welt; jedoch ich bin einmal
Gewöhnt, auf diesem Erdpechpflaster
Zu schlendern durch das Jammertal.

Genieren wird das Weltgetreibe
Mich nie, denn selten geh ich aus;
In Schlafrock und Pantoffeln bleibe
Ich gern bei meiner Frau zu Haus.

Laß mich bei ihr! Hör ich sie schwätzen,
Trinkt meine Seele die Musik
Der holden Stimme mit Ergötzen.
So treu und ehrlich ist ihr Blick!

Gesundheit nur und Geldzulage
Verlang ich, Herr! O laß mich froh
Hinleben noch viel schöne Tage
Bei meiner Frau im statu quo!

IX

Die Libelle

Es tanzt die schöne Libelle
Wohl auf des Baches Welle;
Sie tanzt daher, sie tanzt dahin,
Die schimmernde, flimmernde Gauklerin.

Gar mancher junge Käfer-Tor
Bewundert ihr Kleid von blauem Flor,
Bewundert des Leibchens Emaille
Und auch die schlanke Taille.

Gar mancher junge Käfer-Tor
Sein bißchen Käfer-Verstand verlor;
Die Buhlen sumsen von Lieb und Treu,
Versprechen Holland und Brabant dabei.

Die schöne Libelle lacht und spricht:
»Holland und Brabant brauch ich nicht,
Doch sputet Euch, Ihr Freier,
Und holt mir ein Fünkchen Feuer.

Die Köchin kam in Wochen,
Muß selbst mein Süpplein kochen;
Die Kohlen des Herdes erloschen sind –
Holt mir ein Fünkchen Feuer geschwind.«

Kaum hat die Falsche gesprochen das Wort,
Die Käfer flatterten eilig fort.
Sie suchen Feuer, und lassen bald
Weit hinter sich den Heimatwald.

Sie sehen Kerzenlicht, ich glaube
In einer erleuchteten Gartenlaube;
Und die Verliebten, mit blindem Mut
Stürzen sie sich in die Kerzenglut.

Knisternd verzehrten die Flammen der Kerzen
Die Käfer und ihre liebenden Herzen;
Die einen büßten das Leben ein,
Die andern nur die Flügelein.

O wehe dem Käfer, welchem verbrannt
Die Flügel sind! Im fremden Land
Muß er wie ein Wurm am Boden kriechen,
Mit feuchten Insekten, die häßlich riechen.

Die schlechte Gesellschaft, hört man ihn klagen,
Ist im Exil die schlimmste der Plagen.
Wir müssen verkehren mit einer Schar
Von Ungeziefer, von Wanzen sogar,

Die uns behandeln als Kameraden,
Weil wir im selben Schmutze waten –
Drob klagte schon der Schüler Virgils,
Der Dichter der Hölle und des Exils.

Ich denke mit Gram an die bessere Zeit,
Wo ich mit beflügelter Herrlichkeit
Im Heimat-Äther gegaukelt,
Auf Sonnenblumen geschaukelt,

Aus Rosenkelchen Nahrung sog
Und vornehm war, und Umgang pflog
Mit Schmetterlingen von adligem Sinn,
Und mit der Zikade, der Künstlerin –

Jetzt sind meine armen Flügel verbrannt;
Ich kann nicht zurück ins Vaterland,
Ich bin ein Wurm, und ich verrecke
Und ich verfaule im fremden Drecke.

O, daß ich nie gesehen hätt
Die Wasserfliege, die blaue Kokett
Mit ihrer feinen Taille –
Die schöne, falsche Kanaille!

X
Himmelfahrt

Der Leib lag auf der Totenbahr,
Jedoch die arme Seele war,
Entrissen irdischem Getümmel,
Schon auf dem Wege nach dem Himmel.

Dort klopft' sie an die hohe Pforte,
Und seufzte tief und sprach die Worte:
Sankt Peter, komm und schließe auf!
Ich bin so müde vom Lebenslauf –
Ausruhen möcht ich auf seidnen Pfühlen
Im Himmelreich, ich möchte spielen
Mit lieben Englein Blindekuh
Und endlich genießen Glück und Ruh!

Man hört Pantoffelgeschlappe jetzund,
Auch klirrt es wie ein Schlüsselbund,
Und aus einem Gitterfenster am Tor
Sankt Peters Antlitz schaut hervor.

Er spricht: »Es kommen die Vagabunde,
Zigeuner, Polacken und Lumpenhunde,
Die Tagediebe, die Hottentotten –
Sie kommen einzeln und in Rotten,
Und wollen in den Himmel hinein
Und Engel werden und selig sein.
Holla! Holla! Für Galgengesichter
Von eurer Art, für solches Gelichter

Sind nicht erbaut die himmlischen Hallen –
Ihr seid dem leidigen Satan verfallen.
Fort, fort von hier! und trollt euch schnelle
Zum schwarzen Pfuhle der ewigen Hölle« –

So brummt der Alte, doch kann er nicht
Im Polterton verharren, er spricht
Gutmütig am Ende die tröstenden Worte:
»Du arme Seele, zu jener Sorte
Halunken scheinst du nicht zu gehören –
Nu! Nu! Ich will deinen Wunsch gewähren,
Weil heute mein Geburtstag just
Und mich erweicht barmherzige Lust –
Nenn mir daher die Stadt und das Reich,
Woher du bist; sag mir zugleich,
Ob du vermählt warst? – Ehliches Dulden
Sühnt oft des Menschen ärgste Schulden;
Ein Ehmann braucht nicht in der Hölle zu schmoren,
Ihn läßt man nicht warten vor Himmelstoren.«

Die Seele antwortet: Ich bin aus Preußen,
Die Vaterstadt ist Berlin geheißen.
Dort rieselt die Spree, und in ihr Bette
Pflegen zu wässern die jungen Kadette;
Sie fließt gemütlich über, wenn's regent –
Berlin ist auch eine schöne Gegend!
Dort bin ich Privatdozent gewesen,
Und hab über Philosophie gelesen –
Mit einem Stiftsfräulein war ich vermählt,
Doch hat sie oft entsetzlich krakeelt,
Besonders wenn im Haus kein Brot –
Drauf bin ich gestorben und bin jetzt tot.

Sankt Peter rief: »O weh! o weh!
Die Philosophie ist ein schlechtes Metier.
Wahrhaftig, ich begreife nie,
Warum man treibt Philosophie.

Sie ist langweilig und bringt nichts ein,
Und gottlos ist sie obendrein;
Da lebt man nur in Hunger und Zweifel,
Und endlich wird man geholt vom Teufel.
Gejammert hat wohl deine Xantuppe
Oft über die magre Wassersuppe,
Woraus niemals ein Auge von Fett
Sie tröstend angelächelt hätt –
Nun sei getrost, du arme Seele!
Ich habe zwar die strengsten Befehle,
Jedweden, der sich je im Leben
Mit Philosophie hat abgegeben,
Zumalen mit der gottlos deutschen,
Ich soll ihn schimpflich von hinnen peitschen –
Doch mein Geburtstag, wie gesagt,
Ist eben heut, und fortgejagt
Sollst du nicht werden, ich schließe dir auf
Das Himmelstor, und jetzo lauf
Geschwind herein –

Jetzt bist du geborgen!
Den ganzen Tag, vom frühen Morgen
Bis abends spät, kannst du spazieren
Im Himmel herum, und träumend flanieren
Auf edelsteingepflasterten Gassen.
Doch wisse, hier darfst du dich nie befassen
Mit Philosophie; du würdest mich
Kompromittieren fürchterlich –
Hörst du die Engel singen, so schneide
Ein schiefes Gesicht verklärter Freude –
Hat aber gar ein Erzengel gesungen,
Sei gänzlich von Begeistrung durchdrungen,
Und sag ihm, daß die Malibran
Niemals besessen solchen Sopran –
Auch applaudiere immer die Stimm
Der Cherubim und der Seraphim,

Vergleiche sie mit Signor Rubini,
Mit Mario und Tamburini –
Gib ihnen den Titel von Exzellenzen
Und knickre nicht mit Reverenzen.
Die Sänger, im Himmel wie auf Erden,
Sie wollen alle geschmeichelt werden –
Der Weltkapellenmeister hier oben,
Er selbst sogar, hört gerne loben
Gleichfalls seine Werke, er hört es gern
Wenn man lobsinget Gott dem Herrn,
Und seinem Preis und Ruhm ein Psalm
Erklingt im dicksten Weihrauchqualm.

Vergiß mich nicht. Wenn dir die Pracht
Des Himmels einmal Langweile macht,
So komm zu mir; dann spielen wir Karten.
Ich kenne Spiele von allen Arten,
Vom Lanzknecht bis zum König Pharo.
Wir trinken auch – Doch apropos!
Begegnet dir von ungefähr
Der liebe Gott, und fragt dich: woher
Du seiest? so sage nicht aus Berlin,
Sag lieber aus München oder aus Wien.«

XI

Die Wahlverlobten

Du weinst und siehst mich an, und meinst,
Daß du ob meinem Elend weinst –
Du weißt nicht, Weib! dir selber gilt
Die Trän, die deinem Aug entquillt.

O, sage mir, ob nicht vielleicht
Zuweilen dein Gemüt beschleicht
Die Ahnung, die dir offenbart,
Daß Schicksalswille uns gepaart?
Vereinigt, war uns Glück hienieden,
Getrennt, nur Untergang beschieden.

Im großen Buche stand geschrieben,
Wir sollten uns einander lieben.
Dein Platz, er sollt an meiner Brust sein,
Hier wär erwacht dein Selbstbewußtsein;
Ich hätt dich aus dem Pflanzentume
Erlöst, emporgeküßt, o Blume,
Empor zu mir, zum höchsten Leben –
Ich hätt dir eine Seel gegeben.

Jetzt, wo gelöst die Rätsel sind,
Der Sand im Stundenglas verrinnt –
O weine nicht, es mußte sein –
Ich scheide, und du welkst allein;
Du welkst, bevor du noch geblüht,
Erlöschest, eh du noch geglüht;
Du stirbst, dich hat der Tod erfaßt,
Bevor du noch gelebet hast.

Ich weiß es jetzt. Bei Gott! du bist es,
Die ich geliebt. Wie bitter ist es,
Wenn im Momente des Erkennens
Die Stunde schlägt des ewgen Trennens!
Der Willkomm ist zu gleicher Zeit
Ein Lebewohl! Wir scheiden heut
Auf immerdar. Kein Wiedersehn
Gibt es für uns in Himmelshöhn.
Die Schönheit ist dem Staub verfallen,
Du wirst zerstieben, wirst verhallen.
Viel anders ist es mit Poeten;
Die kann der Tod nicht gänzlich töten.

Uns trifft nicht weltliche Vernichtung,
Wir leben fort im Land der Dichtung,
In Avalun, dem Feenreiche –
Leb wohl auf ewig, schöne Leiche!

XII
Der Philanthrop

Das waren zwei liebe Geschwister,
Die Schwester war arm, der Bruder war reich.
Zum Reichen sprach die Arme:
Gib mir ein Stückchen Brot.

Zur Armen sprach der Reiche:
»Laß mich nur heut in Ruh.
Heut geb ich mein jährliches Gastmahl
Den Herren vom großen Rat.

Der eine liebt Schildkrötensuppe,
Der andre Ananas,
Der dritte ißt gern Fasanen
Mit Trüffeln von Perigord.

Der Vierte speist nur Seefisch,
Der Fünfte verzehrt auch Lachs,
Der Sechste, der frißt alles,
Und trinkt noch mehr dazu.«

Die arme, arme Schwester
Ging hungrig wieder nach Haus;
Sie warf sich auf den Strohsack
Und seufzte tief und starb.

Wir müssen alle sterben!
Des Todes Sense trifft
Am End den reichen Bruder,
Wie er die Schwester traf.

Und als der reiche Bruder
Sein Stündlein kommen sah,
Da schickt' er zum Notare
Und macht' sein Testament.

Beträchtliche Legate
Bekam die Geistlichkeit,
Die Schulanstalten, das große
Museum für Zoologie.

Mit edlen Summen bedachte
Der große Testator zumal
Die Judenbekehrungsgesellschaft
Und das Taubstummen-Institut.

Er schenkte eine Glocke
Dem neuen Sankt-Stephansturm;
Die wiegt fünfhundert Zentner
Und ist vom besten Metall.

Das ist eine große Glocke
Und läutet spat und früh;
Sie läutet zum Lob und Ruhme
Des unvergeßlichen Manns.

Sie meldet mit eherner Zunge,
Wie viel er Gutes getan
Der Stadt und seinen Mitbürgern
Von jeglicher Konfession.

Du großer Wohltäter der Menschheit!
Wie im Leben, soll auch im Tod
Jedwede deiner Wohltaten
Verkünden die große Glock!

Das Leichenbegängnis wurde
Gefeiert mit Prunk und Pracht;
Es strömte herbei die Menge,
Und staunte ehrfurchtsvoll.

Auf einem schwarzen Wagen,
Der gleich einem Baldachin
Mit schwarzen Straußfederbüscheln
Gezieret, ruhte der Sarg.

Der strotzte von Silberblechen
Und Silberstickerein;
Es machte auf schwarzem Grunde
Das Silber den schönsten Effekt.

Den Wagen zogen sechs Rosse,
In schwarzen Decken vermummt;
Die fielen gleich Trauermänteln
Bis zu den Hufen hinab.

Dicht hinter dem Sarge gingen
Bediente in schwarzer Livree,
Schneeweiße Schnupftücher haltend
Vor dem kummerroten Gesicht.

Sämtliche Honoratioren
Der Stadt, ein langer Zug
Von schwarzen Paradekutschen,
Wackelte hinten nach.

In diesem Leichenzuge,
Versteht sich, befanden sich auch
Die Herren vom hohen Rate,
Doch waren sie nicht komplett.

Es fehlte jener, der gerne
Fasanen mit Trüffeln aß;
War kurz vorher gestorben
An einer Indigestion.

XIII

Die Launen der Verliebten

(Eine wahre Geschichte, nach ältern Dokumenten wiedererzählt und aufs neue in schöne deutsche Reime gebracht)

Der Käfer saß auf dem Zaun, betrübt;
Er hat sich in eine Fliege verliebt.

Du bist, o Fliege meiner Seele,
Die Gattin, die ich auserwähle.

Heirate mich und sei mir hold!
Ich hab einen Bauch von eitel Gold.

Mein Rücken ist eine wahre Pracht;
Da flammt der Rubin, da glänzt der Smaragd.

O daß ich eine Närrin wär!
Ein'n Käfer nehm ich nimmermehr.

Mich lockt nicht Gold, Rubin und Smaragd;
Ich weiß, daß Reichtum nicht glücklich macht.

Nach Idealen schwärmt mein Sinn,
Weil ich eine stolze Fliege bin. –

Der Käfer flog fort mit großem Grämen;
Die Fliege ging ein Bad zu nehmen.

Wo ist denn meine Magd die Biene,
Daß sie beim Waschen mich bediene;

Daß sie mir streichle die feine Haut,
Denn ich bin eines Käfers Braut.

Wahrhaftig, ich mach eine große Partie;
Viel schöneren Käfer gab es nie.

Sein Rücken ist eine wahre Pracht;
Da flammt der Rubin, da glänzt der Smaragd.

Sein Bauch ist gülden, hat noble Züge;
Vor Neid wird bersten gar manche Schmeißfliege.

Spute dich, Bienchen, und frisier mich,
Und schnüre die Taille und parfümier mich;

Reib mich mit Rosenessenzen, und gieße
Lavendelöl auf meine Füße,

Damit ich gar nicht stinken tu,
Wenn ich in des Bräutgams Armen ruh.

Schon flirren heran die blauen Libellen,
Und huldigen mir als Ehrenmamsellen.

Sie winden mir in den Jungfernkranz
Die weiße Blüte der Pomeranz.

Viel Musikanten sind eingeladen,
Auch Sängerinnen, vornehme Zikaden.

Rohrdommel und Hornìß, Bremse und Hummel,
Die sollen trompeten und schlagen die Trummel;

Sie sollen aufspielen zum Hochzeitfest –
Schon kommen die bunt beflügelten Gäst,

Schon kommt die Familie, geputzt und munter;
Gemeine Insekten sind viele darunter.

Heuschrecken und Wespen, Muhmen und Basen,
Sie kommen heran – Die Trompeten blasen.

Der Pastor Maulwurf im schwarzen Ornat,
Da kommt er gleichfalls – es ist schon spat.

Die Glocken läuten, bim-bam, bim-bam –
Wo bleibt mein liebster Bräutigam? – –

Bim-bam, bim-bam, klingt Glockengeläute,
Der Bräutgam aber flog fort ins Weite.

Die Glocken läuten, bim-bam, bim-bam –
Wo bleibt mein liebster Bräutigam?

Der Bräutigam hat unterdessen
Auf einem fernen Misthaufen gesessen.

Dort blieb er sitzen sieben Jahr,
Bis daß die Braut verfaulet war.

XIV
Mimi

Bin kein sittsam Bürgerkätzchen,
Nicht im frommen Stübchen spinn ich.
Auf dem Dach, in freier Luft,
Eine freie Katze bin ich.

Wenn ich sommernächtlich schwärme,
Auf dem Dache, in der Kühle,
Schnurrt und knurrt in mir Musik,
Und ich singe was ich fühle.

Also spricht sie. Aus dem Busen
Wilde Brautgesänge quellen,
Und der Wohllaut lockt herbei
Alle Katerjunggesellen.

Alle Katerjunggesellen,
Schnurrend, knurrend, alle kommen,
Mit Mimi zu musizieren,
Liebelechzend, lustentglommen.

Das sind keine Virtuosen,
Die entweiht jemals für Lohngunst
Die Musik, sie blieben stets
Die Apostel heilger Tonkunst.

Brauchen keine Instrumente,
Sie sind selber Bratsch und Flöte;
Eine Pauke ist ihr Bauch,
Ihre Nasen sind Trompeten.

Sie erheben ihre Stimmen
Zum Konzert gemeinsam jetzo;
Das sind Fugen, wie von Bach
Oder Guido von Arezzo.

Das sind tolle Symphonien,
Wie Capricen von Beethoven
Oder Berlioz, der wird
Schnurrend, knurrend, übertroffen.

Wunderbare Macht der Töne!
Zauberklänge sonder Gleichen!
Sie erschüttern selbst den Himmel
Und die Sterne dort erbleichen.

Wenn sie hört die Zauberklänge,
Wenn sie hört die Wundertöne,
So verhüllt ihr Angesicht
Mit dem Wolkenflor Selene.

Nur das Lästermaul, die alte
Primadonna Philomele
Rümpft die Nase, schnupft und schmäht
Mimis Singen – kalte Seele!

Doch gleichviel! Das musizieret,
Trotz dem Neide der Signora,
Bis am Horizont erscheint
Rosig lächelnd Fee Aurora.

XV
Guter Rat

Laß dein Grämen und dein Schämen!
Werbe keck und fordre laut,
Und man wird sich dir bequemen,
Und du führest heim die Braut.

Wirf dein Gold den Musikanten,
Denn die Fiedel macht das Fest;
Küsse deine Schwiegertanten,
Denkst du gleich: Hol euch die Pest!

Rede gut von einem Fürsten
Und nicht schlecht von einer Frau;
Knickre nicht mit deinen Würsten,
Wenn du schlachtest eine Sau.

Ist die Kirche dir verhaßt, Tor,
Desto öfter geh hinein;
Zieh den Hut ab vor dem Pastor,
Schick ihm auch ein Fläschchen Wein.

Fühlst du irgendwo ein Jücken,
Kratze dich als Ehrenmann;
Wenn dich deine Schuhe drücken,
Nun, so zieh Pantoffeln an.

Hat versalzen dir die Suppe
Deine Frau, bezähm die Wut,
Sag ihr lächelnd: Süße Puppe,
Alles was du kochst, ist gut.

Trägt nach einem Shawl Verlangen
Deine Frau, so kauf ihr zwei;
Kauf ihr Spitzen, goldne Spangen
Und Juwelen noch dabei.

Wirst du diesen Rat erproben,
Dann, mein Freund! genießest du
Einst das Himmelreich dort oben,
Und du hast auf Erden Ruh.

XVI

Erinnerung an Hammonia

Waisenkinder, zwei und zwei,
Wallen fromm und froh vorbei,
Tragen alle blaue Röckchen,
Haben alle rote Bäckchen –
O, die hübschen Waisenkinder!

Jeder sieht sie an gerührt,
Und die Büchse klingeliert;
Von geheimen Vaterhänden
Fließen ihnen reiche Spenden –
O, die hübschen Waisenkinder!

Frauen, die gefühlvoll sind,
Küssen manchem armen Kind
Sein Rotznäschen und sein Schnütchen,
Schenken ihm ein Zuckerdütchen –
O, die hübschen Waisenkinder!

Schmuhlchen wirft verschämten Blicks
Einen Taler in die Büchs –
Denn er hat ein Herz – und heiter
Schleppt er seinen Zwerchsack weiter.
O, die hübschen Waisenkinder!

Einen goldnen Louisdor
Gibt ein frommer Herr; zuvor
Guckt er in die Himmelshöhe,
Ob der liebe Gott ihn sähe?
O, die hübschen Waisenkinder!

Litzenbrüder, Arbeitsleut,
Hausknecht, Küper, feiern heut;
Werden manche Flasche leeren
Auf das Wohlsein dieser Gören –
O, die hübschen Waisenkinder!

Schutzgöttin Hammonia
Folgt dem Zug incognita,
Stolz bewegt sie die enormen
Massen ihrer hintern Formen –
O, die hübschen Waisenkinder!

Vor dem Tor, auf grünem Feld,
Rauscht Musik im hohen Zelt,
Das bewimpelt und beflittert;
Dorten werden abgefüttert
Diese hübschen Waisenkinder.

Sitzen dort in langer Reih,
Schmausen gütlich süßen Brei,
Torten, Kuchen, leckre Speischen,
Und sie knuspern wie die Mäuschen,
Diese hübschen Waisenkinder.

Leider kommt mir in den Sinn
Jetzt ein Waisenhaus, worin
Kein so fröhliches Gastieren;
Gar elendig lamentieren
Dort Millionen Waisenkinder.

Die Montur ist nicht egal,
Manchem fehlt das Mittagsmahl;
Keiner geht dort mit dem andern,
Einsam, kummervoll dort wandern
Viel Millionen Waisenkinder.

XVII

Schnapphahn und Schnapphenne

Derweilen auf dem Lotterbette
Mich Lauras Arm umschlang – der Fuchs,
Ihr Herr Gemahl, aus meiner Buchs
Stibitzt er mir die Bankbillette.

Da steh ich nun mit leeren Taschen!
War Lauras Kuß gleichfalls nur Lug?
Ach! Was ist Wahrheit? Also frug
Pilat und tät die Händ sich waschen.

Die böse Welt, die so verdorben,
Verlaß ich bald, die böse Welt.
Ich merke, hat der Mensch kein Geld,
So ist der Mensch schon halb gestorben.

Nach euch, ihr ehrlich reinen Seelen,
Die ihr bewohnt das Reich des Lichts,
Sehnt sich mein Herz. Dort braucht ihr nichts,
Und braucht deshalb auch nicht zu stehlen.

XVIII

Jung-Katerverein für Poesie-Musik

Der philharmonische Katerverein
War auf dem Dache versammelt
Heut Nacht – doch nicht aus Sinnenbrunst;
Da ward nicht gebuhlt und gerammelt.

Es paßt kein Sommernachtshochzeitstraum,
Es passen nicht Lieder der Minne
Zur Winterjahrzeit, zu Frost und Schnee;
Gefroren war jede Rinne.

Auch hat überhaupt ein neuer Geist
Der Katzenschaft sich bemeistert;
Die Jugend zumal, der Jung-Kater ist
Für höheren Ernst begeistert.

Die alte frivole Generation
Verröchelt; ein neues Bestreben,
Ein Katzenfrühling der Poesie
Regt sich in Kunst und Leben.

Der philharmonische Katerverein,
Er kehrt zur primitiven
Kunstlosen Tonkunst jetzt zurück,
Zum schnauzenwüchsig Naiven.

Er will die Poesiemusik,
Rouladen ohne Triller,
Die Instrumental- und Vokalpoesie,
Die keine Musik ist, will er.

Er will die Herrschaft des Genies,
Das freilich manchmal stümpert,
Doch in der Kunst oft unbewußt
Die höchste Staffel erklimpert.

Er huldigt dem Genie, das sich
Nicht von der Natur entfernt hat,
Sich nicht mit Gelehrsamkeit brüsten will
Und wirklich auch nichts gelernt hat.

Dies ist das Programm des Katervereins,
Und voll von diesem Streben
Hat er sein erstes Winterkonzert
Heut nacht auf dem Dache gegeben.

Doch schrecklich war die Exekution
Der großen Idee, der pompösen –
Häng dich, mein teurer Berlioz,
Daß du nicht dabei gewesen!

Das war ein Charivari, als ob
Einen Kuhschwanzhopsaschleifer
Plötzlich aufspielten, branntweinberauscht,
Drei Dutzend Dudelsackpfeifer.

Das war ein Tauhu-Wauhu, als ob
In der Arche Noä anfingen
Sämtliche Tiere unisono
Die Sündflut zu besingen.

O, welch ein Krächzen und Heulen und Knurrn,
Welch ein Miaun und Gegröhle!
Die alten Schornsteine stimmten ein
Und schnauften Kirchenchoräle.

Zumeist vernehmbar war eine Stimm,
Die kreischend zugleich und matte
Wie einst die Stimme der Sontag war,
Als sie keine Stimme mehr hatte.

Das tolle Konzert! Ich glaube, es ward
Ein großes Tedeum gesungen,
Zur Feier des Siegs, den über Vernunft
Der frechste Wahnsinn errungen.

Vielleicht auch ward vom Katerverein
Die große Oper probieret,
Die Ungarns größter Pianist
Für Charenton komponieret.

Es hat bei Tagesanbruch erst
Der Sabbat ein Ende genommen;
Eine schwangere Köchin ist dadurch
Zu früh in die Wochen gekommen.

Die sinnebetörte Wöchnerin
Hat ganz das Gedächtnis verloren;
Sie weiß nicht mehr, wer der Vater ist
Des Kindes, das sie geboren.

War es der Peter? War es der Paul?
Sag, Lise, wer ist der Vater?
Die Lise lächelt verklärt und spricht:
O Liszt du himmlischer Kater! ...

XIX
Hans ohne Land

Leb wohl, mein Weib, sprach Hans ohne Land,
Mich rufen hohe Zwecke;
Ein andres Waidwerk harret mein,
Ich schieße jetzt andre Böcke.

Ich laß dir mein Jagdhorn zurück, du kannst
Mit Tuten, wenn ich entfernet,
Die Zeit vertreiben; du hast ja zu Haus
Das Posthorn blasen gelernet.

Ich laß dir auch meinen Hund zurück,
Daß er die Burg behüte;
Mich selbst bewache mein deutsches Volk
Mit pudeltreuem Gemüte.

Sie bieten mir an die Kaiserkron,
Die Liebe ist kaum zu begreifen;
Sie tragen mein Bild in ihrer Brust
Und auf den Tabakspfeifen.

Ihr Deutschen seid ein großes Volk,
So simpel und doch so begabet!
Man sieht euch wahrhaftig nicht an, daß ihr
Das Pulver erfunden habet.

Nicht Kaiser, Vater will ich euch sein,
Ich werde euch glücklich machen –
O schöner Gedanke! er macht mich so stolz,
Als wär ich die Mutter der Gracchen.

Nicht mit dem Verstand, nein, mit dem Gemüt
Will ich mein Volk regieren;
Ich bin kein Diplomatikus
Und kann nicht politisieren.

Ich bin ein Jäger, ein Mensch der Natur,
Im Walde aufgewachsen
Mit Gemsen und Schnepfen, mit Rehbock und Sau,
Ich mache nicht Worte, nicht Faxen.

Ich ködre durch keine Proklamation,
Durch keinen gedruckten Lockwisch;
Ich sage: Mein Volk, es fehlt der Lachs,
Begnüge dich heut mit dem Stockfisch.

Gefall ich dir nicht als Kaiser, so nimm
Den ersten besten Lausangel.
Ich habe zu essen auch ohne dich,
Ich litt in Tirol nicht Mangel.

So red ich; doch jetzt, mein Weib, leb wohl!
Ich kann nicht länger weilen;
Des Schwiegervaters Postillon
Erwartet mich schon mit den Gäulen.

Reich mir geschwind die Reisemütz
Mit dem schwarz-rot-goldnen Bande –
Bald siehst du mich mit dem Diadem
Im alten Kaisergewande.

Bald schaust du mich in dem Pluvial,
Dem Purpurtalar, dem schönen,
Den weiland dem Kaiser Otto geschenkt
Der Sultan der Sarazenen.

Darunter trag ich die Dalmatika,
Worin gestickt mit Juwelen
Ein Zug von fabelhaftem Getier,
Von Löwen und Kamelen.

Ich trage die Stola auf der Brust,
Die ist gezieret bedeutsam
Mit schwarzen Adlern im gelben Grund;
Die Tracht ist äußerst kleidsam.

Leb wohl! Die Nachwelt wird sagen, daß ich
Verdiente, die Krone zu tragen –
Wer weiß? Die Nachwelt wird vielleicht
Halt gar nichts von mir sagen.

XX

Erinnerung aus Krähwinkels Schreckenstagen

Wir Bürgermeister und Senat,
Wir haben folgendes Mandat
Stadtväterlichst an alle Klassen
Der treuen Bürgerschaft erlassen.

Ausländer, Fremde, sind es meist,
Die unter uns gesät den Geist
Der Rebellion. Dergleichen Sünder,
Gottlob! sind selten Landeskinder.

Auch Gottesleugner sind es meist;
Wer sich von seinem Gotte reißt,
Wird endlich auch abtrünnig werden
Von seinen irdischen Behörden.

Der Obrigkeit gehorchen, ist
Die erste Pflicht für Jud und Christ.
Es schließe jeder seine Bude
Sobald es dunkelt, Christ und Jude.

Wo ihrer drei beisammen stehn,
Da soll man auseinander gehn.
Des Nachts soll niemand auf den Gassen
Sich ohne Leuchte sehen lassen.

Es liefre seine Waffen aus
Ein jeder in dem Gildenhaus;
Auch Munition von jeder Sorte
Wird deponiert am selben Orte.

Wer auf der Straße räsoniert,
Wird unverzüglich füsiliert;
Das Räsonieren durch Gebärden
Soll gleichfalls hart bestrafet werden.

Vertrauet Eurem Magistrat,
Der fromm und liebend schützt den Staat
Durch huldreich hochwohlweises Walten;
Euch ziemt es, stets das Maul zu halten.

XXI
Die Audienz
(Eine alte Fabel)

Ich laß nicht die Kindlein, wie Pharao,
Ersäufen im Nilstromwasser;
Ich bin auch kein Herodestyrann,
Kein Kinderabschlachtenlasser.

Ich will, wie einst mein Heiland tat,
Am Anblick der Kinder mich laben;
Laß zu mir kommen die Kindlein, zumal
Das große Kind aus Schwaben.

So sprach der König; der Kämmerer lief,
Und kam zurück und brachte
Herein das große Schwabenkind,
Das seinen Diener machte.

Der König sprach: Du bist wohl ein Schwab?
Das ist just keine Schande.
Geraten! erwidert der Schwab, ich bin
Geboren im Schwabenlande.

Stammst du von den sieben Schwaben ab?
Frug jener. Ich tu abstammen
Nur von einem einzgen, erwidert der Schwab,
Doch nicht von allen zusammen.

Der König frug ferner: Sind dieses Jahr
Die Knödel in Schwaben geraten?
Ich danke der Nachfrag, antwortet der Schwab,
Sie sind sehr gut geraten.

Habt ihr noch große Männer? frug
Der König. Im Augenblicke
Fehlt es an großen, erwidert der Schwab,
Wir haben jetzt nur dicke.

Hat Menzel, frug weiter der König, seitdem
Noch viel Maulschellen erhalten?
Ich danke der Nachfrag, erwidert der Schwab,
Er hat noch genug an den alten.

Der König sprach: Du bist nicht so dumm,
Als wie du aussiehst, mein Holder.
Das kommt, erwidert der Schwab, weil mich
In der Wiege vertauscht die Kobolder.

Der König sprach: Es pflegt der Schwab
Sein Vaterland zu lieben –
Nun sage mir, was hat dich fort
Aus deiner Heimat getrieben?

Der Schwabe antwortet: Tagtäglich gab's
Nur Sauerkraut und Rüben;
Hätt meine Mutter Fleisch gekocht,
So wär ich dort geblieben.

Erbitte dir eine Gnade, sprach
Der König. Da kniete nieder
Der Schwabe und rief: O geben Sie, Sire,
Dem Volke die Freiheit wieder!

Der Mensch ist frei, es hat die Natur
Ihn nicht geboren zum Knechte –
O geben Sie, Sire, dem deutschen Volk
Zurück seine Menschenrechte!

Der König stand erschüttert tief –
Es war eine schöne Szene; –
Mit seinem Rockärmel wischte sich
Der Schwab aus dem Auge die Träne.

Der König sprach endlich: Ein schöner Traum! –
Leb wohl, und werde gescheiter;
Und da du ein Somnambülericht,
So geb ich dir zwei Begleiter,

Zwei sichre Gendarmen, die sollen dich
Bis an die Grenze führen –
Leb wohl! ich muß zur Parade gehn,
Schon hör ich die Trommel rühren.

So hat die rührende Audienz
Ein rührendes Ende genommen.
Doch ließ der König seitdem nicht mehr
Die Kindlein zu sich kommen.

XXII
Kobes I.

Im Jahre achtundvierzig hielt,
Zur Zeit der großen Erhitzung,
Das Parlament des deutschen Volks
Zu Frankfurt seine Sitzung.

Damals ließ auch auf dem Römer dort
Sich sehen die weiße Dame,
Das unheilkündende Gespenst;
Die Schaffnerin ist sein Name.

Man sagt, sie lasse sich jedesmal
Des Nachts auf dem Römer sehen,
So oft einen großen Narrenstreich
Die lieben Deutschen begehen.

Dort sah ich sie selbst um jene Zeit
Durchwandeln die nächtliche Stille
Der öden Gemächer, wo aufgehäuft
Des Mittelalters Gerülle.

Die Lampe und ein Schlüsselbund
Hielt sie in den bleichen Händen;
Sie schloß die großen Truhen auf
Und die Schränke an den Wänden.

Da liegen die Kaiserinsignia,
Da liegt die goldne Bulle,
Das Szepter, die Krone, der Apfel des Reichs
Und manche ähnliche Schrulle.

Da liegt das alte Kaiserornat,
Verblichen purpurner Plunder,
Die Garderobe des deutschen Reichs,
Verrostet, vermodert jetzunder.

Die Schaffnerin schüttelt wehmütig das Haupt
Bei diesem Anblick, doch plötzlich
Mit Widerwillen ruft sie aus:
Das alles stinkt entsetzlich!

Das alles stinkt nach Mäusedreck,
Das ist verfault und verschimmelt,
Und in dem stolzen Lumpenkram
Das Ungeziefer wimmelt.

Wahrhaftig, auf diesem Hermelin,
Dem Krönungsmantel, dem alten,
Haben die Katzen des Römerquartiers
Ihr Wochenbett gehalten.

Da hilft kein Ausklopfen! Daß Gott sich erbarm
Des künftigen Kaisers! Mit Flöhen
Wird ihn der Krönungsmantel gewiß
Auf Lebenszeit versehen.

Und wisset, wenn es den Kaiser juckt,
So müssen die Völker sich kratzen –
O Deutsche! Ich fürchte, die fürstlichen Flöh,
Die kosten Euch manchen Batzen.

Jedoch wozu noch Kaiser und Flöh?
Verrostet ist und vermodert
Das alte Kostüm – Die neue Zeit
Auch neue Röcke fodert.

Mit Recht sprach auch der deutsche Poet
Zum Rotbart im Kyffhäuser:
»Betracht ich die Sache ganz genau,
So brauchen wir gar keinen Kaiser!«

Doch wollt ihr durchaus ein Kaisertum,
Wollt ihr einen Kaiser küren,
Ihr lieben Deutschen! laßt euch nicht
Von Geist und Ruhm verführen.

Erwählet kein Patrizierkind,
Erwählet einen vom Plebse,
Erwählt nicht den Fuchs und nicht den Leu,
Erwählt den dümmsten der Schöpse.

Erwählt den Sohn Colonias,
Den dummen Kobes von Cöllen;
Der ist in der Dummheit fast ein Genie,
Er wird sein Volk nicht prellen.

Ein Klotz ist immer der beste Monarch,
Das zeigt Aesop in der Fabel;
Er frißt uns arme Frösche nicht,
Wie der Storch mit dem langen Schnabel.

Seid sicher, der Kobes wird kein Tyrann,
Kein Nero, kein Holofernes;
Er hat kein grausam antikes Herz,
Er hat ein weiches, modernes.

Der Krämerstolz verschmähte dies Herz,
Doch an die Brust des Heloten
Der Werkstatt warf der Gekränkte sich
Und ward die Blume der Knoten.

Die Brüder der Handwerksburschenschaft
Erwählten zum Sprecher den Kobes;
Er teilte mit ihnen ihr letztes Stück Brot,
Sie waren voll seines Lobes.

Sie rühmten, daß er nie studiert
Auf Universitäten,
Und Bücher schrieb aus sich selbst heraus,
Ganz ohne Fakultäten.

Ja, seine ganze Ignoranz
Hat er sich selbst erworben;
Nicht fremde Bildung und Wissenschaft
Hat je sein Gemüt verdorben.

Gleichfalls sein Geist, sein Denken blieb
Ganz frei vom Einfluß abstrakter
Philosophie – Er blieb er selbst!
Der Kobes ist ein Charakter.

In seinem schönen Auge glänzt
Die Träne, die stereotype;
Und eine dicke Dummheit liegt
Beständig auf seiner Lippe.

Er schwätzt und flennt und flennt und schwätzt,
Worte mit langen Ohren!
Eine schwangere Frau, die ihn reden gehört,
Hat einen Esel geboren.

Mit Bücherschreiben und Stricken vertreibt
Er seine müßigen Stunden;
Es haben die Strümpfe, die er gestrickt,
Sehr großen Beifall gefunden.

Apoll und die Musen muntern ihn auf,
Sich ganz zu widmen dem Stricken –
Sie erschrecken, sooft sie in seiner Hand
Einen Gänsekiel erblicken.

Das Stricken mahnt an die alte Zeit
Der Funken. Auf ihren Wachtposten
Standen sie strickend – die Helden von Köln,
Sie ließen die Eisen nicht rosten.

Wird Kobes Kaiser, so ruft er gewiß
Die Funken wieder ins Leben.
Die tapfere Schar wird seinen Thron
Als Kaisergarde umgeben.

Wohl möcht ihn gelüsten, an ihrer Spitz
In Frankreich einzudringen,
Elsaß, Burgund und Lothringerland
An Deutschland zurückzubringen.

Doch fürchtet nichts, er bleibt zu Haus;
Hier fesselt ihn friedliche Sendung,
Die Ausführung einer hohen Idee,
Des Cölner Doms Vollendung.

Ist aber der Dom zu Ende gebaut,
Dann wird sich der Kobes erbosen
Und mit dem Schwerte in der Hand
Zur Rechenschaft ziehn die Franzosen.

Er nimmt ihnen Elsaß und Lothringen ab,
Das sie dem Reiche entwendet,
Er zieht auch siegreich nach Burgund –
Sobald der Dom vollendet.

Ihr Deutsche! bleibt ihr bei eurem Sinn,
Wollt ihr durchaus einen Kaiser,
So sei es ein Karnevalskaiser von Cöln
Und Kobes der Erste heiß' er!

Die Gecken des Cölner Faschingvereins,
Mit klingelnden Schellenkappen,
Die sollen seine Minister sein;
Er trage den Strickstrumpf im Wappen.

Der Drickes sei Kanzler, und nenne sich
Graf Drickes von Drickeshausen;
Die Staatsmätresse Marizebill,
Die soll den Kaiser lausen.

In seiner guten, heilgen Stadt Cöln
Wird Kobes residieren –
Und hören die Cölner die frohe Mär,
Sie werden illuminieren.

Die Glocken, die eisernen Hunde der Luft,
Erheben ein Freudengebelle,
Und die heilgen drei Kön'ge aus Morgenland
Erwachen in ihrer Kapelle.

Sie treten hervor mit dem Klappergebein,
Sie tänzeln vor Wonne und springen.
Halleluja und Kyrie
Eleison hör ich sie singen. – –

So sprach das weiße Nachtgespenst,
Und lachte aus voller Kehle;
Das Echo scholl so schauerlich
Durch alle die hallenden Säle.

XXIII
Epilog

Unser Grab erwärmt der Ruhm.
Torenworte! Narrentum!
Eine beßre Wärme gibt
Eine Kuhmagd, die verliebt
Uns mit dicken Lippen küßt
Und beträchtlich riecht nach Mist.
Gleichfalls eine beßre Wärme
Wärmt dem Menschen die Gedärme,
Wenn er Glühwein trinkt und Punsch
Oder Grog nach Herzenswunsch
In den niedrigsten Spelunken,
Unter Dieben und Halunken,
Die dem Galgen sind entlaufen,
Aber leben, atmen, schnaufen,
Und beneidenswerter sind,
Als der Thetis großes Kind –
Der Pelide sprach mit Recht:
Leben wie der ärmste Knecht
In der Oberwelt ist besser,
Als am stygischen Gewässer
Schattenführer sein, ein Heros,
Den besungen selbst Homeros.

Aus dem Umkreis der Gedichte. 1853 und 1854

Zu Heines Lebzeiten gedruckt

Lied der Marketenderin

(Aus dem Dreißigjährigen Krieg)

Und die Husaren lieb ich sehr,
Ich liebe sehr dieselben;
Ich liebe sie ohne Unterschied,
Die blauen und die gelben.

Und die Musketiere lieb ich sehr,
Ich liebe die Musketiere,
Sowohl Rekrut als Veteran,
Gemeine und Offiziere.

Die Kavallerie und die Infanterie,
Ich liebe sie alle, die Braven;
Auch hab ich bei der Artillerie
Gar manche Nacht geschlummert.

Ich liebe den Deutschen, ich lieb den Franzos,
Den Welschen und Niederländschen,
Ich liebe den Schwed, den Böhm und Spanjol,
Ich lieb in ihnen den Menschen.

Gleichviel von welcher Heimat, gleichviel
Von welchem Glaubensbund ist
Der Mensch, er ist mir lieb und wert,
Wenn nur der Mensch gesund ist.

Das Vaterland und die Religion,
Das sind nur Kleidungstücke –
Fort mit der Hülle! daß ich ans Herz
Den nackten Menschen drücke.

Ich bin ein Mensch und der Menschlichkeit
Geb ich mich hin mit Freude;
Und wer nicht gleich bezahlen kann,
Für den hab ich die Kreide.

Der grüne Kranz vor meinem Zelt,
Der lacht im Licht der Sonne;
Und heute schenk ich Malvasier
Aus einer frischen Tonne.

Das Hohelied

Des Weibes Leib ist ein Gedicht,
Das Gott der Herr geschrieben
Ins große Stammbuch der Natur,
Als ihn der Geist getrieben.

Ja, günstig war die Stunde ihm,
Der Gott war hoch begeistert;
Er hat den spröden, rebellischen Stoff
Ganz künstlerisch bemeistert.

Fürwahr, der Leib des Weibes ist
Das Hohelied der Lieder;
Gar wunderbare Strophen sind
Die schlanken, weißen Glieder.

O, welche göttliche Idee
Ist dieser Hals, der blanke,
Worauf sich wiegt der kleine Kopf,
Der lockige Hauptgedanke!

Der Brüstchen Rosenknospen sind
Epigrammatisch gefeilet;
Unsäglich entzückend ist die Zäsur,
Die streng den Busen teilet.

Den plastischen Schöpfer offenbart
Der Hüften Parallele;
Der Zwischensatz mit dem Feigenblatt
Ist auch eine schöne Stelle.

Das ist kein abstraktes Begriffspoem!
Das Lied hat Fleisch und Rippen,
Hat Hand und Fuß; es lacht und küßt
Mit schöngereimten Lippen.

Hier atmet wahre Poesie!
Anmut in jeder Wendung!
Und auf der Stirne trägt das Lied
Den Stempel der Vollendung.

Lobsingen will ich dir, o Herr,
Und dich im Staub anbeten!
Wir sind nur Stümper gegen dich,
Den himmlischen Poeten.

Versenken will ich mich, o Herr,
In deines Liedes Prächten;
Ich widme seinem Studium
Den Tag mitsamt den Nächten.

Ja, Tag und Nacht studier ich dran,
Will keine Zeit verlieren;
Die Beine werden mir so dünn –
Das kommt vom vielen Studieren.

Aus der Druckvorlage zu Gedichte. 1853 und 1854 *nachträglich ausgeschieden und zu Heines Lebzeiten nicht gedruckt*

Simplizissimus I.

Der eine kann das Unglück nicht,
Der andre nicht das Glück verdauen.
Durch Männerhaß verdirbt der eine,
Der andre durch die Gunst der Frauen.

Als ich dich sah zum erstenmal,
War fremd dir alles galante Gehöfel;
Es deckten die plebejischen Hände
Noch nicht Glacéhandschuhe von Rehfell.

Das Röcklein, das du trugest, war grün
Und zählte schon sehr viele Lenze;
Die Ärmel zu kurz, zu lang die Schöße
Erinnernd an Bachstelzenschwänze.

Du trugest ein Halstuch, das der Mama
Als Serviette gedienet hatte;
Noch wiegte sich nicht dein Kinn so vornehm
In einer gestickten Atlaskrawatte.

Die Stiefel sahen so ehrlich aus,
Als habe Hans Sachs sie fabrizieret;
Noch nicht mit gleißend französischem Firnis,
Sie waren mit deutschem Tran geschmieret.

Nach Bisam und Moschus rochest du nicht,
Am Halse hing noch keine Lorgnette,
Du hattest noch keine Weste von Sammet
Und keine Frau und goldne Kette.

Du trugest dich zu jener Zeit
Ganz nach der allerneusten Mode
Von Schwäbisch-Hall – Und dennoch damals
War deines Lebens Glanzperiode.

Du hattest Haare auf dem Kopf,
Und unter den Haaren, groß und edel,
Wuchsen Gedanken – aber jetzo
Ist kahl und leer dein armer Schädel.

Verschwunden ist auch der Lorbeerkranz,
Der dir bedecken könnte die Glatze –
Wer hat dich so gerauft? Wahrhaftig,
Siehst aus wie eine geschorene Katze!

Die goldnen Dukaten des Schwiegerpapas,
Des Seidenhändlers, sind auch zerronnen –
Der Alte klagt: bei der deutschen Dichtkunst
Habe er keine Seide gesponnen.

Ist das der Lebendige, der die Welt
Mit all ihren Knödeln, Dampfnudeln und Würsten
Verschlingen wollte, und in den Hades
Verwies den Pückler-Muskau, den Fürsten?

Ist das der irrende Ritter, der einst,
Wie jener andre, der Manchaner,
Absagebriefe schrieb an Tyrannen,
Im Stile der kecksten Terzianer?

Ist das der Generalissimus
Der deutschen Freiheit, der Gonfaloniere
Der Emanzipation, der hoch zu Rosse
Einherritt vor seinem Freischarenheere?

Der Schimmel, den er ritt, war weiß,
Wie alle Schimmel, worauf die Götter
Und Helden geritten, die längst verschimmelt:
Begeistrung jauchzte dem Vaterlandsretter.

Er war ein reitender Virtuos,
Ein Liszt zu Pferde, ein somnambüler
Marktschreier, Hansnarr, Philistergünstling,
Ein miserabler Heldenspieler!

Als Amazone ritt neben ihm
Die Gattin mit der langen Nase;
Sie trug auf dem Hut eine kecke Feder,
Im schönen Auge blitzte Ekstase.

Die Sage geht, es habe die Frau
Vergebens bekämpft den Kleinmut des Gatten,
Als Flintenschüsse seine zarten
Unterleibsnerven erschüttert hatten.

Sie sprach zu ihm: »Sei jetzt kein Has,
Entmemme dich deiner verzagten Gefühle,
Jetzt gilt es zu siegen oder zu sterben –
Die Kaiserkrone steht auf dem Spiele.

Denk an die Not des Vaterlands
Und an die eignen Schulden und Nöten.
In Frankfurt laß ich dich krönen, und Rothschild
Borgt dir wie andren Majestäten.

Wie schön der Mantel von Hermelin
Dich kleiden wird! Das Vivatschreien,
Ich hör es schon; ich seh auch die Mädchen,
Die weißgekleidet dir Blumen streuen« –

Vergebliches Mahnen! Antipathien
Gibt es, woran die Besten siechen.
Wie Goethe nicht den Rauch des Tabaks,
Kann unser Held kein Pulver riechen.

Die Schüsse knallen – der Held erblaßt,
Er stottert manche unsinnige Phrase,
Er phantasieret gelb – die Gattin
Hält sich das Tuch vor der langen Nase.

So geht die Sage – Ist sie wahr?
Wer weiß es? Wir Menschen sind nicht vollkommen.
Sogar der große Horazius Flaccus
Hat in der Schlacht Reißaus genommen.

Das ist auf Erden des Schönen Los!
Die Feinen gehn unter, ganz wie die Plumpen;
Ihr Lied wird Makulatur, sie selber,
Die Dichter, werden am Ende Lumpen.

Erlauschtes

»O kluger Jekef, wie viel hat dir
Der lange Christ gekostet,
Der Gatte deines Töchterleins?
Sie war schon ein bißchen verrostet.

Du zahltest sechzigtausend Mark?
Du zahltest vielleicht auch siebzig?
Ist nicht zu viel für Christenfleisch –
Dein Töchterlein war so schnippsig.

Ich bin ein Schlemihl! Wohl doppelt so viel
Hat man mir abgenommen,
Und hab für all mein schönes Geld
Nur Schund, nur Schofel bekommen.«

Der kluge Jekef lächelt so klug,
Und spricht wie Nathan der Weise:
»Du gibst zu viel und zu rasch, mein Freund,
Und du verdirbst uns die Preise.

Du hast nur dein Geschäft im Kopf,
Denkst nur an Eisenbahne;
Doch ich bin ein Müßiggänger, ich geh
Spazieren und brüte Plane.

Wir überschätzen die Christen zu sehr,
Ihr Wert hat abgenommen;
Ich glaube, für hunderttausend Mark
Kannst du einen Papst bekommen.

Ich hab für mein zweites Töchterlein
Jetzt einen Bräutgam in Petto,
Der ist Senator und mißt sechs Fuß,
Hat keine Cousinen im Ghetto.

Nur vierzigtausend Mark Kurant
Geb ich für diesen Christen;
Die Hälfte der Summe zahl ich komptant,
Den Rest verzinst in Fristen.

Mein Sohn wird Bürgermeister einst,
Trotz seinem hohen Rücken;
Ich setz es durch – der Wantram soll
Sich vor meinem Samen bücken.

Mein Schwager, der große Spitzbub, hat
Mir gestern zugeschworen:
Du kluger Jekef, es geht an dir
Ein Taillerand verloren.«

Das waren die Worte, die mir einst,
Als ich spazieren gegangen
Zu Hamburg auf dem Jungfernstieg,
Ans Ohr vorüberklangen.

Lyrischer Nachlaß

Bimini

Prolog

Wunderglaube, blaue Blume,
Die verschollen jetzt, wie prachtvoll
Blühte sie im Menschenherzen
Zu der Zeit von der wir singen.

Wunderglaubenszeit! Ein Wunder
War sie selbst. So viele Wunder
Gab es damals, daß der Mensch
Sich nicht mehr darob verwundert

Wie im kühlsten Werkeltagslicht
Der Gewohnheit sah der Mensch
Manchmal Dinge, Wunderdinge
Welche überflügeln konnten

In der Tollheit selbst die tollsten
Fabeleien in Legenden
Frommer hirnverbrannter Mönche
Und in alten Ritterbüchern.

Eines Morgens, bräutlich blühend,
Tauchte aus des Ozeanes
Blauen Fluten ein Meerwunder,
Eine ganze neue Welt –

Eine neue Welt mit neuen
Menschensorten, neuen Bestien,
Neuen Bäumen, Blumen, Vögeln
Und mit neuen Weltkrankheiten!

Unterdessen unsre alte
Unsre eigne alte Welt
Umgestaltet ganz verwandelt
Wunderbarlich wurde sie

Durch Erfindnisse des Geistes
Des modernen Zaubergeistes
Durch die Schwarzkunst Berthold Schwarzes
Und die noch viel schlimmre Schwarzkunst

Eines Mainzer Teufelbanners
So wie auch durch die Magie
Welche waltet in den Büchern
Die von bärtgen Hexenmeistern

Aus Byzanz und aus Egypten
Uns gebracht und hübsch verdolmetscht –
Buch der Schönheit heißt das eine,
Buch der Wahrheit heißt das andre.

Beide aber hat Gott selber
Abgefaßt in zwei verschiednen
Himmelsprachen und er schrieb sie
Wie wir glauben, eigenhändig

Durch die kleine Zitternadel
Die des Seemanns Wünschelrute
Fand derselbe damals auch
Einen Weg nach India,

Nach der langgesuchten Heimat
Der Gewürze, wo sie sprießen
Schier in liederlicher Fülle
Manchmal gar am Boden ranken

Die phantastischen Gewächse
Kräuter, Blumen, Stauden, Bäume,
Die des Pflanzenreiches Adel
Oder Kronjuwelen sind,

Jene seltnen Spezereien,
Mit geheimnisvollen Kräften,
Die den Menschen oft genesen
Öfter auch erkranken machen –

Jenachdem sie mischt die Hand
Eines klugen Apothekers
Oder eines dummen Ungars
Aus dem ... Banat

Als sich nun die Gartenpforte
Indias erschloß – balsamisch
Wogend jetzt ein Meer von Weihrauch
Eine Sündflut von wollustig

Ungeheuerlichen Düften,
Sinnberauschend, sinnbetäubend
Strömte plötzlich in das Herz
In das Herz der alten Welt.

Wie gepeitscht von Feuerbränden
Flammenruten, in der Menschen
Adern raste jetzt das Blut,
Lechzend nach Genuß und Gold –

Doch das Gold allein blieb Losung,
Denn durch Gold, den gelben Kuppler
Kann sich jeder leicht verschaffen
Alle irdischen Genüsse.

Gold war jetzt das erste Wort
Das der Spanier sprach, beim Eintritt
In des Indianers Hütte –
Erst nachher frug er nach Wasser.

Mexiko und Peru sahen
Dieses Golddursts Orgia,
Cortez und Pizarro wälzten
Goldbesoffen sich im Golde

I

Männer wie Columbus, Cortes,
Und Pizarro und Bilbao,
Habt ihr in der Schul auswendig
Schon gelernt. Ihr kennt sie gut.

Wenig oder gar nicht kennt ihr
Ihren Zeit- und Zunftgenossen
Jenen Wasserabenteurer
Namens Juan Ponce de Leon

Welcher Florida entdeckte
Aber jahrelang vergebens
Aufgesucht die Wunderinsel
Seiner Sehnsucht, Bimini.

Bimini! bei deines Namens
Holdem Klang, in meiner Brust
Pochen die scheintoten Wünsche
Die dort eingesargt zu frühe –

Auch entschlafne Jugendträume
Schlagen die bestäubten Wimpern
Wieder auf und schaun mich an
Fast befremdet, fast mitleidig –

Während aus der Wahnsinntiefe
Der Erinnerung herauftönt
Wie ein Jauchzen und ein Schluchsen
Von totwunden Nachtigallen, –

Und dazwischen klingen Flöten
Und Schalmeien, Tanzmusik,
Nachhall längstverschollner Lenze,
Melancholisch überlustig.

Bimini – mich selbst erfaßt
Tolles Sehnen und ich schüttle
Mich so stürmisch, daß die Nähte
Meiner Narrenjacke platzen.

Hilf mir Muse, kluge Bergfee
Des Parnasses, Gottestochter,
Steh mir bei jetzt und bewähre
Die Magie der edlen Dichtkunst –

Zeige daß du hexen kannst
Und verwandle flugs mein Lied
In ein Schiff, ein Zauberschiff
Das mich bringt nach Bimini.

Kaum hab ich das Wort gesprochen
Geht mein Wunsch schon in Erfüllung,
Und vom Stapel des Gedankens
Läuft herab das Zauberschiff.

Wer will mit nach Bimini?
Steiget ein, Ihr Herrn und Damen
Wind und Wetter dienend bringet
Euch mein Schiff nach Bimini.

Leidet Ihr am Zipperlein?
Edle Herren? Schöne Damen
Habt Ihr auf der weißen Stirn
Schon ein Rünzelchen entdecket?

Folget mir nach Bimini –
Dorten werdet Ihr genesen
Von den schändlichen Gebresten;
Hydropathisch ist die Kur!

Fürchtet nichts, Ihr Herrn und Damen,
Sehr solide ist mein Schiff
Aus Trochäen stark wie Eichen
Sind gezimmert Kiel und Planken.

Fantasie sitzt an dem Steuer,
Gute Laune bläht die Segel
Schiffsjung ist der Witz, der flinke,
Ob Verstand an Bord? Ich weiß nicht!

Meine Rahen sind Metaphern
Die Hyperbel ist mein Mastbaum
Schwarz-rot-gold ist meine Flagge,
Fabelfarben der Romantik –

Trikolore Barbarossas,
Wie ich weiland sie gesehen
Im Kyffhäuser und zu Frankfurt
In dem Dome von Sankt Paul.

In dem Meer der Märchenwelt,
In dem blauen Märchenweltmeer,
Zieht mein Schiff, mein Zauberschiff
Seine träumerischen Furchen –

Funkenstäubend, mir voran,
In dem wogenden Azur
Plätschert, tummelt sich ein Heer
Von großkopfigen Delphinen –

Und auf ihrem Rücken reiten
Meine Wasserpostillione,
Amoretten, die pausbäckig
Auf bizarren Muschelhörnern

Schallende Fanfaren blasen –
Aber horch! da unten klingt
Aus der Meerestiefe plötzlich
Ein Gekicher und Gelächter?

Ach, ich kenne diese Laute,
Diese süßmokanten Stimmen –
Das sind schnippische Undinen
Nixen, welche skeptisch spötteln

Über mich, mein Narrenschiff,
Meine Narrenpassagiere,
Über meine Narrenfahrt,
Nach der Insel Bimini.

II

Einsam auf dem Strand von Cuba
Vor dem stillen Wasserspiegel,
Steht ein Mensch und er betrachtet
In der Flut sein Konterfei.

Dieser Mensch ist alt, doch spanisch
Kerzensteif ist seine Haltung.
Halb seemännisch, halb soldatisch
Ist sein wunderlicher Anzug.

Weite Fischerhosen bauschen
Unter einem Rock von gelber
Elendshaut; von reichgesticktem
Goldstoff ist das Bandelier

Daran hängt die obligate
Lange Klinge von Toledo,
Und vom grauen Filzhut wehen
Blutrot keck die Hahnenfedern

Sie beschatten melancholisch
Ein verwittert Greisenantlitz
Welches Zeit und Zeitgenossen
Übel zugerichtet haben.

Mit den Runzeln die das Alter
Und Strapazen eingegraben
Kreuzen sich fatale Narben
Schlechtgeflickter Säbelhiebe.

Eben nicht mit sonderlichem
Wohlgefallen scheint der Greis
In dem Wasser zu betrachten
Sein bekümmert Spiegelbildnis.

Wie abwehrend streckt er manchmal
Seine beiden Hände aus,
Schüttelt dann das Haupt, und seufzend
Spricht er endlich zu sich selber:

Ist das Juan Ponce de Leon,
Der als Page an dem Hofe
Von Don Gomez trug die stolze
Schleppe der Alkadentochter?

Schlank und luftig war der Fant,
Und die goldnen Locken spielten
Um das Haupt das voll von Leichtsinn
Und von rosigen Gedanken.

Alle Damen von Sevillia
Kannten seines Pferdes Hufschlag
Und sie flogen rasch ans Fenster
Wenn er durch die Straßen ritt.

Rief der Reiter seinen Hunden,
Mit der Zung am Gaumen schnalzend,
Dann durchdrang der Laut die Herzen
Hocherrötend schöner Frauen.

Ist das Juan Ponce de Leon
Der ein Schreck der Mohren war
Und als wären's Distelköpfe
Niederhieb die Turbanhäupter?

Auf dem Blachfeld vor Granada
Und im Angesicht des ganzen
Christenheers hat Don Gonzalvo
Mir den Ritterschlag erteilet.

An dem Abend jenes Tages,
In dem Zelte der Infantin
Tanzte ich, beim Klang der Geigen
Mit des Hofes schönen Damen.

Aber weder Klang der Geigen
Noch Gekose schöner Damen
Habe ich gehört am Abend
Jenes Tages – Wie ein Füllen

Stampfte ich des Zeltes Boden
Und vernahm nur das Geklirre
Nur das liebliche Geklirre
Meiner ersten goldnen Sporen.

Mit den Jahren kam der Ernst
Und der Ehrgeiz und ich folgte
Dem Columbus auf der zweiten
Großen Weltentdeckungsreise.

Treusam blieb ich ihm ergeben
Diesem andern großen Christoph
Der das Licht des Heils getragen
Zu den Heiden durch das Wasser.

Ich vergesse nicht die Milde
Seines Blickes. Schweigsam litt er
Klagte nur des Nachts den Sternen
Und den Wellen seine Leiden.

Als der Admiral zurückging
Nach Hispanien, nahm ich Dienste
Bei Ojeda und ich schiffte
Mit ihm aus auf Abenteuer

Don Ojeda war ein Ritter
Von der Fußzeh bis zur Scheitel,
Keinen bessern zeigte weiland
König Artus Tafelrunde

Fechten, fechten war die Wollust
Seiner Seele. Heiter lachend
Focht er gegen wilde Rotten
Die ihn zahllos oft umzingelt.

Als ihn traf ein giftger Wurfspieß
Nahm er stracks ein glühend rotes
Eisen, brannte damit aus
Seine Wunde, heiter lachend.

Einst bis an die Hüfte watend
Durch Moräste, deren Ausgang
Unbekannt, aufs Gratewohl
Ohne Speise, ohne Wasser

Hatten wir schon dreizig Tage
Uns dahingeschleppt, von hundert
Zwanzig Mann, schon achtzig
Waren auf dem Marsch verschmachtet –

Und der Sumpf ward immer tiefer
Und wir jammerten verzweifelnd –
Doch Ojeda sprach uns Mut ein,
Unverzagt und heiter lachend.

Später ward ich Waffenbruder
Des Bilbao – dieser Held,
Der so mutig wie Ojeda
War kriegskundger in Entwürfen.

Alle Adler des Gedankens
Nisteten in seinem Haupte,
Und in seinem Herzen herrlich
Strahlte Großmut wie die Sonne.

Ihm verdankt die Krone Spaniens
Hundert Königtümer, größer
Als Europa und viel reicher
Als Venezia und Flandern.

Zur Belohnung für die hundert
Königtümer die viel größer
Als Europa und viel reicher
Als Venezia und Flandern –

Gab man ihm ein hänfen Halsband,
Einen Strick; gleich einem Sünder
Ward Bilbao auf dem Marktplatz
Sankt Sebastiens gehenkt.

Kein so ritterlicher Degen,
Auch von gringerm Heldensinn,
Doch ein Feldherr sonder gleichen
War der Cortez, Don Fernando.

In der winzigen Armada
Welche Mexiko erobert
Nahm ich Dienste – die Strapazen
Fehlten nicht bei diesem Feldzug.

Dort gewann ich sehr viel Gold
Aber auch das gelbe Fieber –
Ach! ein gutes Stück Gesundheit
Ließ ich bei den Mexikanern.

Mit dem Golde hab ich Schiffe
Ausgerüstet. Meinem eignen
Stern vertrauend hab ich endlich
Hier entdeckt die Insel Cuba

Die ich jetzo guberniere
Für Juanna von Castilien
Und Fernand von Arragon
Die mir aller höchst gewogen

Habe nun erlangt wonach
Stets die Menschen gierig laufen:
Fürstengunst und Ruhm und Würden,
Auch den Calatrava Orden.

Bin Statthalter, ich besitze
Wohl an hunderttausend Pesos,
Gold in Barren, Edelsteine
Säcke voll der schönsten Perlen –

Ach beim Anblick dieser Perlen
Werd ich traurig, denn ich denke
Besser wär's ich hätte Zähne,
Zähne wie in meiner Jugend –

Jugendzähne! mit den Zähnen
Ging verloren auch die Jugend –
Denk ich dran, schmachvoll ohnmächtig
Knirsch ich mit den morschen Stummeln.

Jugendzähne, nebst der Jugend,
Könnt ich Euch zurückerkaufen,
Gerne gäbe ich dafür
Alle meine Perlensäcke.

Alle meine Edelsteine,
All mein Gold, an hunderttausend
Pesos wert und obendrein
Meinen Calatrava-Orden –

Nehmt mir Reichtum, Ruhm und Würden,
Nennt mich nicht mehr Exzellenze,
Nennt mich lieber junger Maulaff
Junger Gimpel, Bengel Rotznas!

Hochgebenedeite Jungfrau
Hab Erbarmen mit dem Toren
Der sich schamhaft heimlich abzehrt
Und verbirgt sein eitles Elend.

Jungfrau! dir allein enthüll ich
Mein Gemüte, dir gestehend
Was ich nimmermehr gestünde
Einem Heilgen in dem Himmel –

Diese Heilgen sind ja Männer,
Und, Caracho! auch im Himmel
Soll kein Mann mitleidig lächeln
Über Juan Ponce de Leon.

Du, o Jungfrau, bist ein Weib,
Und obgleich unwandelbar
Deine unbefleckte Schönheit,
Weiblich klugen Sinnes fühlst du

Was er leidet, der vergänglich
Arme Mensch wenn seines Leibes
Edle Kraft und Herrlichkeit
Dorrt und hinwelkt bis zum Zerrbild!

Ach, viel glücklicher als wir
Sind die Bäume, die gleichzeitig
Einer und derselbe Herbstwind
Ihres Blätterschmucks entkleidet –

Alle stehen kahl im Winter,
Und da gibt's kein junges Bäumchen
Dessen grünes Laub verhöhnte
Die verwelkten Waldgenossen.

Ach! bei uns den Menschen, lebt
Jeder seine eigne Jahrzeit;
Während bei dem einen Winter
Ist es Frühling bei dem andern –

Und der Greis fühlt doppelt schmerzlich
Seine Ohnmacht bei dem Anblick
Jugendlicher Überkräfte –
Hochgebenedeite Jungfrau!

Rüttle ab von meinen Gliedern
Dieses winterliche Alter,
Das mit Schnee bedeckt mein Haupt
Und mein Blut gefrieren macht –

Sag der Sonne, daß sie wieder
Glut in meine Adern gieße
Sag dem Lenze daß er wecke
In der Brust die Nachtigallen –

Ihre Rosen gib sie wieder
Meinen Wangen, gib das Goldhaar
Wieder meinem Haupt, o Jungfrau –
Gib mir meine Jugend wieder.

Als Don Juan Ponce de Leon
Vor sich hinsprach solcherlei
Plötzlich in die beiden Hände
Drückte er sein Antlitz schmerzhaft

Und er schluchste und er weinte
So gewaltig und so stürmisch
Daß die hellen Tränengüsse
Troffen durch die magern Finger.

III

Auf dem Festland bleibt der Ritter
Treu den alten Seemannsbräuchen
Und wie einst auf seinem Schiffe
Schläft er nachts in einem Hamak.

Auch die Wellenschlagbewegung
Die so oft ihn eingeschläfert
Will der Ritter nicht entbehren
Und er läßt den Hamak schaukeln.

Dies Geschäft verrichtet Janka,
Alte Indianerin,
Die vom Ritter die Muskitos
Abwehrt mit dem Pfauenwedel.

Während sie die luftge Wiege
Mit dem greisen Kinde schaukelt
Lullt sie eine märchenhafte
Alte Weise ihrer Heimat.

Liegt ein Zauber in dem Singsang?
Oder in des Weibes Stimme,
Die so flötend wie Gezwitscher
Eines Zeisigs und sie singt.

Kleiner Vogel Kolibri
Führe uns nach Bimini;
Fliege du voran wir folgen
In bewimpelten Pirogen.

Kleines Fischchen Brididi
Führe uns nach Bimini;
Schwimme du voran wir folgen
Rudernd mit bekränzten Stangen.

Auf der Insel Bimini
Blüht die ewge Frühlingswonne
Und die goldnen Lerchen jauchzen
Im Azur ihr Tirili.

Schlanke Blumen überwuchern
Wie Savannen dort den Boden,
Leidenschaftlich sind die Düfte
Und die Farben üppig brennend.

Große Palmenbäume ragen
Draus hervor, mit ihren Fächern
Wehen sie den Blumen unten
Schattenküsse, holde Kühle.

Auf der Insel Bimini
Quillt die allerliebste Quelle
Aus dem teuren Wunderborn
Fließt das Wasser der Verjüngung.

So man eine welke Blume
Netzet mit etwelchen Tropfen
Dieses Wassers, blüht sie auf
Und sie prangt in frischer Schöne.

So man ein verdorrtes Reis
Netzet mit etwelchen Tropfen
Dieses Wassers, treibt es wieder
Neue Knospen, lieblich grünend.

Trinkt ein Greis von jenem Wasser
Wird er wieder jung; das Alter
Wirft er von sich wie ein Käfer
Abstreift seine Raupenhülle.

Mancher Graukopf der zum blonden
Jüngling sich getrunken hatte
Schämte sich zurückzukehren
Als Gelbschnabel in die Heimat –

Manches Mütterchen insgleichen
Die sich wieder jung geschlückert
Wollte nicht nach Hause gehen
Als ein junges Ding von Dirnlein –

Und die guten Leutchen blieben
Immerdar in Bimini;
Glück und Lenz hielt sie gefesselt
In dem ewgen Jugendlande.

Nach dem ewgen Jugendlande
Nach dem Eiland Bimini
Geht mein Sehnen und Verlangen;
Lebet wohl, Ihr lieben Freunde!

Alte Katze Mimili
Alter Haushahn Kikriki
Lebet wohl, wir kehren nie,
Nie zurück von Bimini.

Also sang das Weib. Der Ritter
Horcht dem Liede schlummertrunken;
Manchmal nur, als wie im Traume
Lallt er kindisch: Bimini.

IV

Heiter überstrahlt die Sonne
Golf und Strand der Insel Cuba;
In dem blauen Himmel hängen
Heute lauter Violinen.

Rotgeküßt vom kecken Lenze,
In dem Mieder von Smaragden,
Bunt geputzt, wie eine Braut
Blüht und glüht die schöne Insel.

Auf dem Strande farbenschillernd
Wimmelt Volk von jedem Stande,
Jedem Alter, doch die Herzen
Pochen wie vom selben Pulsschlag.

Denn derselbe Trostgedanke
Hat sie alle gleich ergriffen
Gleichbeseligt – Er bekundet
Sich im stillen Freudezittern

Einer alten Beguine,
Die sich an den Krücken hinschleppt
Und den Rosenkranz abkugelnd
Ihre Paternoster murmelt -

Es bekundet sich derselbe
Trostgedanken in dem Lächeln
Der Signora, die auf güldnem
Palankin getragen wird

Und im Munde eine Blume
Kokettiert mit dem Hidalgo,
Der die Schnurrbartzipfel kräuselnd,
Fröhlich ihr zur Seite wandelt –

Wie auf dem Gesicht der steifen
Soldateske, zeigt die Freude
Sich im klerikalen Antlitz,
Das sich menschlich heut entrunzelt –

Wie vergnügt der dünne Schwarzrock
Sich die Hände reibt! Wie fröhlich!
Wie der feiste Kapuziner
Streichelt froh sein Doppelkinn!

Selbst der Bischof der gewöhnlich
Griesgram aussieht, wenn er Messe
Lesen soll, weil dann sein Frühstück
Eingen Aufschub leiden muß –

Selbst der Bischof schmunzelt freudig,
Freudig glänzen die Karbunkeln
Seiner Nase und im Festschmuck
Wackelt er einher vergnüglich

Unterm Purpurbaldachin,
Eingeräuchert von Chorknaben,
Und gefolgt von Clericis
Die mit Goldbrokat bedeckt sind

Und goldgelbe Sonnenschirme
Über ihre Köpfe halten,
Kolossalen Champignons
Welche wandeln schier vergleichbar

Nach dem hohen Gottestische
Geht der Zug, nach dem Altare,
Welcher unter freiem Himmel
Hier am Meeresstrand errichtet.

Und verzieret ward mit Blumen,
Heilgenbildchen, Palmen, Bändern
Silbernem Gerät, Goldflittern,
Und Wachskerzen lustig funkelnd –

Seine Eminenz der Bischof
Hält das Hochamt hier am Meere,
Und mit Weihe und Gebet
Will er hier den Segen sprechen

Über jene kleine Flotte,
Welche auf der Reede schaukelnd
Im Begriff ist abzusegeln
Nach der Insel Bimini.

Ja die Schiffe dort sie sind es
Welche Juan Ponce de Leon
Ausgerüstet und bemannt
Um die Insel aufzusuchen

Wo das Wasser der Verjüngung
Lieblich sprudelt – von dem Ufer
Viele tausend Segenswünsche
Folgen ihm, dem Menschheitsretter

Ihm dem edlen Weltwohltäter –
Hofft doch jeder daß der Ritter
Bei der Rückkehr einst auf Kuba
Ihm ein Fläschchen Jugend mitbringt –

Mancher schlückert schon im Geiste
Solche Labung, und sie schaukeln
Sich vor Wonne, wie die Schiffe
Die dort ankern auf der Reede.

Es besteht aus fünf Fahrzeugen
Die Flottille – eine große
Karavelle, zwei Feluken
Und zwei kleine Brigantinen

Admiralschiff ist die große
Karavelle und die Flagge
Zeigt die Wappen von Castillien
Arragonien und Leon.

Einer Lauberhütte gleich
Ist sie ausgeschmückt mit Maien,
Blumenkränzen und Girlanden
Und mit flatternd bunten Wimpeln

Frau Speranze heißt das Schiff
Und am Hinterteil als Puppe
Steht der Donna Konterfei
Lebensgroß skulptiert aus Eichholz

Und bemalt mit ganz vorzüglich
Wohlgefirnißten Couleuren
Welche Wind und Wetter trotzen,
Eine stattliche Figura.

Ziegelrot ist das Gesichte,
Ziegelrot ist Hals und Busen
Der aus grünem Mieder quillt;
Auch des Rockes Farb ist grün.

Grün ist auch des Hauptes Kranz
Pechschwarz ist das Haar, die Augen
Und die Brauen gleichfalls pechschwarz.
In der Hand hält sie ein Anker.

Die Armada der Flottille
Sie besteht etwa aus hundert
Achtzig Mann, darunter sind
Nur sechs Weiber und sechs Priester.

Achtzig Mann und eine Dame
Sind an Bord der Karavelle
Welche Juan Ponce de Leon
Selbst befehligt. Caca heißt

Jene Dame – ja die alte
Caca ist jetzt eine Dame
Heißt Senora Juanita
Seit der Ritter sie erhoben

Zur Großfliegenwedelmeistrin,
Oberhamakschaukeldame,
Und Mundschenkin künftger Jugend
Auf der Insel Bimini.

Als Symbol des Amtes hält sie
In der Hand ein Goldpokal,
Trägt auch eine hochgeschürzte
Tunika wie eine Hebe.

Kostbarliche Brüßler Kanten,
Perlenschnüre, viele Dutzend
Decken spöttisch die verwelckten
Braunen Reitze der Senora

Rokoko-anthropophagisch
Karaibisch Pompadour
Hebet sich der Haarwulstkopfputz,
Der gespickt ist mit unzählgen

Vögelein, die groß wie Käfer,
Durch des prächtigen Gefieders
Farbenschmelz wie Blumen aussehn
Die formiert aus Edelsteinen

Diese närrische Frisur
Von Gevögel paßt vortrefflich
Zu der Kaka wunderliches
Papagoyenvogelantlitz

Seitenstück zu dieser Fratze
Bildet Juan Ponce de Leon,
Welcher zuversichtlich glaubend
An die baldige Verjüngung

Sich im voraus schon geworfen
Ins Kostüm der lieben Jugend
Und sich bunt herausgeputzt
In der Geckentracht der Mode:

Schnabelschuhn mit Silberglöcklein
Wie'n Gelbschnabel und geschlitzte
Hosen wo das rechte Bein
Rosafarben während grün

Grüngestreift das linke Bein –
Wohlgepuffte Atlasjacke
Kurzer Mantel, keck geachselt –
Ein Barett mit drei Straußfedern –

Also ausstaffiert, in Händen
Eine Laute haltend, tänzelt
Auf und ab der Admiral
Und erteilt die Schiffsbefehle:

Er befiehlt daß man die Anker
Lichten soll, im Augenblicke,
Wo des Hochamts Ende melden
Von dem Strande die Signale

Er befiehlt, daß bei der Abfahrt
Die Kanonen aller Schiffe
Mit drei Dutzend Ehrenschüssen
Kuba salutieren sollten –

Er befiehlt – und lacht und dreht sich
Auf dem Absatz wie ein Kreisel –
Bis zur Trunkenheit berauscht ihn
Süßer Hoffnung toller Traumtrank –

Und er kneift die armen Saiten
Seiner Laute daß sie wimmern
Und mit altgebrochner Stimme
Meckert er die Singsangworte

Kleiner Vogel Kolibri,
Kleines Fischchen Brididi,
Fliegt und schwimmt voraus und zeiget
Uns den Weg nach Bimini

V

Juan Ponce de Leon wahrlich
War kein Tor, kein Faselante
Als er unternahm die Irrfahrt
Nach der Insel Bimini.

Ob der Existenz der Insel
Hegt er niemals einen Zweifel –
Seiner alten Kaka Singsang
War ihm Bürgschaft und Gewähr

Mehr als andre Menschenkinder
Wundergläubig ist der Seemann;
Hat er doch vor Augen stets
Flammendgroß die Himmelswunder

Während ihn umrauscht beständig
Die geheimnisvolle Meerflut,
Deren Schoß entstiegen weiland
Donna Venus Aphrodite

In den folgenden Trochäen
Werden wir getreu berichten,
Wie der Ritter viel Strapazen
Ungemach und Drangsal ausstand –

Ach anstatt von altem Siechtum
Zu genesen ward der Ärmste
Heimgesucht von vielen neuen
Leibesübeln und Gebresten –

Während er die Jugend suchte
Ward er täglich noch viel älter
Und verrunzelt, abgemergelt
Kam er endlich in das Land

In das stille Land wo schaurig
Unter schattigen Zypressen
Fließt ein Flüßlein dessen Wasser
Gleichfalls wundertätig heilsam –

Lethe heißt das gute Wasser!
Trink daraus und du vergißt
All dein Leiden – ja vergessen
Wirst du was du je gelitten –

Gutes Wasser! gutes Land!
Wer dort angelangt, verläßt es
Nimmermehr – denn dieses Land
Ist das wahre Bimini.

Bei dem Tempelsturm von Quito
Lopez Vacca stahl die Sonne,
Die zwölf Zentner Goldes wog;
Doch dieselbe Nacht verlor er

Sie im Würfelspiele wieder,
Und im Volke blieb das Sprichwort:
Das ist Lopez, der die Sonne
Hat verspielt vor Sonnenaufgang.

Hei! das waren große Spieler,
Große Diebe, Meuchelmörder,
(Ganz vollkommen ist kein Mensch.)
Doch sie taten Wundertaten,

In der Zeit des Wunderglaubens
Taten auch die Menschen Wunder;
Wer Unmögliches geglaubt,
Konnt Unmögliches verrichten.

Nur der Tor war damals Zweifler,
Die verständgen Leute glaubten;
Vor den Tageswundern beugte
Gläubig tief sein Haupt der Weise.

Seltsam! Aus des Wunderglaubens
Wunderzeit klingt mir im Sinne
Heut beständig die Geschichte
Von Don Juan Ponce de Leon

Der in fabelhafter Irrfahrt
Jahrelang in allen Meeren
Aufgesucht die teure Insel
Seiner Sehnsucht: Bimini!

Bimini bei deines Namens
Holdem Laut in meiner Brust
Bebt das Herz und die verstorbnen
Jugendträume sie erwachen –

Welke Kränze auf den Häuptern
Schauen sie mich an wehmütig –
Ihr seid tot und ich bin tot –
Ward vergiftet – böses Fieber!

Und ich schaudre wild zusammen
Und ich schüttle mich vor Zorn
Also heftig daß die Nähte
Meiner Narrenjacke platzen –

Doch am Ende muß ich lachen,
Denn mich dünket Papageien
Kreischten drollig und zugleich
Melancholisch: Bimini!

Muse, edle Nekromantin,
Durch die Hexerei der Dichtkunst,
Schaffe mir ein Zauberschiff
Das mich bringt nach Bimini

Dichterwünschen folgt Erfüllung
Und vom Werfte des Gedankens
Wird zu mir herabbugsiert
Pfeilschnell das begehrte Schiff.

Vorredenentwurf zu einer französischen Fassung von Bimini

Lappland bildet die äußerste Spitze der russischen Besitzungen im Norden und die vornehmen oder wohlhabenden Lappländer welche an der Schwindsucht leiden, pflegen nach Sankt Petersburg zu reisen um hier die Annehmlichkeiten eines südlichen Klimas zu genießen. Bei manchen dieser kranken Exulanten gesellen sich dann zu dem physischen Siechtum auch wohl die moralischen Krankheiten der europäischen Zivilisation, mit welcher sie in Kontakt kommen. Sie beschäftigen sich jetzt mit Politik und Religion. Die Lektüre der *Soirées de St-Petersbourg* die sie für ein nützliches Handbuch hielten, für einen *Guide* dieser Hauptstadt, belehrt sie daß der Stützpunkt der bürgerlichen Gesellschaft der Henker sei; doch die Reaktion bleibt nicht aus und von der *Bouraucratie* des *De-Maistre* springen sie über zum herbsten *Communismus*, sie erklären alle Rentiere und Seehunde als Staatseigentum. Sie lesen Hegel und werden Atheisten, doch bei zunehmenden Rückgratschmerzen lenken sie wieder gelinde ein und schlagen über in weinerlichen Pietismus, werden Mucker, wo nicht gar Anhänger der Sions-Mutter. Dem französischen Leser sind diese zwei Religionssekten vielleicht wenig bekannt, in Deutschland sind sie es leider desto mehr in Deutschland, ihrer eigentlichen Heimat. Die Mucker herrschen vorzüglich in den östlichen Provinzen der preußischen Monarchie, wo die höchsten Beamten zu ihnen gehörten: sie huldigen der Lehre, daß es nicht hinreichend sei sein Leben ohne Sünde zu verbringen, sondern daß man auch mit der Sünde gekämpft und ihr widerstanden haben müsse; der Sieger, und sei er auch mit Sündenwunden bedeckt, wäre gottgefälliger als der unverwundete Rekrut der Tugend der nie in der Schlacht gewesen. Deshalb in ihren Zusammenkünften, oder auch in einem *tête à tête* von Personen beider Geschlechter, suchen sie sich wechselseitig, durch wollüstige Betastungen zur Sünde zu reizen, doch sie widerstehen allen Anfechtungen der Sünde – Ist es nicht der Fall, je nun, so werden ein andermal die Angriffe, das ganze Manöver, wiederholt.

Die Sekte von der Sionsmutter hatte ihren Hauptsitz in einer westpreußischen Provinz, nämlich im Wuppertale des Großherzogtum Berg und das Prinzip ihrer Lehre hat eine gewisse Hegelsche Färbung. Es beruht auf der Idee: nicht der einzelne Mensch, sondern die ganze Menschheit sei Gott, der Sohn Gottes, der erwartete Heiland unserer Zeit, der sogenannte Sion, könne daher nicht von einem einzelnen Menschen, sondern er könne nur von der ganzen Menschheit gezeugt werden, und seine Gebärerin die Zionsmutter, müsse daher nicht von einem einzelnen Menschen sondern von der Gesamtheit der Menschen von der Menschheit befruchtet werden. Diese Idee einer Befruchtung durch die Gesamtheit der Menschen suchte nun die Zionsmutter so nahe als möglich zu verwirklichen, sie substituierte ihr die Vielheit der Menschen und es entstand eine mystische Poliandrie welcher die preußische Regierung durch Gendarmen ein Ende machte.

Die Zionsmutter im Wuppertale war eine vierzigjährige, bläßliche und krankhafte Person. Sie verschwand vom Schauplatz und ihre Mission ist gewiß auf eine andre übergegangen – Wer weiß die Sionsmutter lebt vielleicht hier unter uns zu Paris und wir, die wir ihre heilige Aufgabe nicht kennen, verlästern sie und ihren Eifer für das Heil der Menschheit.

Unter die Krankheiten, denen die Lappländer ausgesetzt sind, welche nach Petersburg kommen, um die Milde eines südlichen Klimas zu genießen gehört auch die Poesie. Einer solchen Kontagion verdanken wir das nachstehende Gedicht, dessen Verfasser ein junger Lappländer ist, der wegen Rückenmarkschwindsucht nach Petersburg emigrierte und dort vor geraumer Zeit gestorben. Er hatte viel Talent, war befreundet mit den ausgezeichnetsten Geistern der Hauptstadt und beschäftigte sich viel mit deutscher Philosophie, die ihn bis an den Rand des Atheismus brachte. Durch die besondere Gnade des Himmels ward er aber noch zeitig aus dieser Seelengefahr gerettet, er kam noch vor seinem Tode zur Erkenntnis Gottes, was seine Unglaubensgenossen sehr skandalisierte: der ganze hohe Klerus des Atheismus schrie Anathem über den Renegaten der Gottlosigkeit. Unterdessen aber nahmen seine körperlichen Leiden zu, seine Finanzen nahmen ab, und die wenigen Rentiere, welche sein Vermögen ausmachten, waren bald bis zum letzten aufgegessen. Im Hospitale, dem letzten Asyl des Poeten, sprach er zu einem der zwei Freunde, die ihm treu geblieben: Leb wohl! Ich verlasse diese Erde wo das Geld und die Intrige zur Alleinherrschaft gelangt. Nur eins tat mir weh: ich sah daß man durch Geld und Intrige auch den Ruhm eines Genies erlangen kann, als solches gefeiert werden kann nicht bloß von einer kleinen Anzahl Unmündiger, sondern von den Begabtesten, von der ganzen Zeitgenossenschaft und bis zum äußersten Winkel der Welt. In diesem Augenblick klang unter den Fenstern des Hospitals ein Leierkasten dudelnd »Das Gold ist eine Chimäre« die berühmte Melodie von Meyerbeer – Der Kranke lächelte, verhüllte das Haupt und starb.

Zeitgedichte

Antwort

Es ist der rechte Weg, den du betreten,
Doch in der Zeit magst du dich weidlich irren;
Das sind nicht Düfte von Muskat und Myrrhen,
Die jüngst aus Deutschland mir verletzend wehten.

Wir dürfen nicht Victoria trompeten,
So lang noch Säbel tragen unsre Sbirren;
Mich ängstet, wenn die Vipern Liebe girren
Und Wolf und Esel Freiheitslieder flöten. – –
. . . .

Vermittlung

Du bist begeistert, du hast Mut –
Auch das ist gut!
Doch kann man mit Begeistrungsschätzen
Nicht die Besonnenheit ersetzen.

Der Feind, ich weiß es, kämpfet nicht
Für Recht und Licht –
Doch hat er Flinten und nicht minder
Kanonen, viele Hundertpfünder.

Nimm ruhig dein Gewehr zur Hand –
Den Hahn gespannt –
Und ziele gut – wenn Leute fallen,
Mag auch dein Herz vor Freude knallen.

Die Briten zeigten sich sehr rüde
Und ungeschliffen als Regicide.
Schlaflos hat König Carl verbracht
In Whitehall seine letzte Nacht.
Vor seinem Fenster sang der Spott
Und ward gehämmert an seinem Schafott.

Viel höflicher nicht die Franzosen waren.
In einem Fiaker haben diese
Den Ludwig Capet zum Richtplatz gefahren;
Sie gaben ihm keine Calèche de Remise,
Wie nach der alten Etikette
Der Majestät gebühret hätte.

Noch schlimmer erging's der Marie-Antoinette,
Denn sie bekam nur eine Charette;
Statt Chambelan und Dame d'Atour
Ein Sansculotte mit ihr fuhr.
Die Witwe Capet hob höhnisch und schnippe
Die dicke habsburgische Unterlippe.

Franzosen und Briten sind von Natur
Ganz ohne Gemüt; Gemüt hat nur
Der Deutsche, er wird gemütlich bleiben
Sogar im terroristischen Treiben.
Der Deutsche wird die Majestät
Behandeln stets mit Pietät.

In einer sechsspännigen Hofkarosse,
Schwarz panaschiert und beflort die Rosse,
Hoch auf dem Bock, mit der Trauerpeitsche,
Der weinende Kutscher – so wird der deutsche
Monarch einst nach dem Richtplatz kutschiert
Und untertänigst guillotiniert

Epilog

zum Loblied auf den *celeberrimo maestro Fiascomo*

Die Neger berichten: der König der Tiere,
Der Löwe, wenn er erkrankt ist, kuriere
Sich dadurch, daß er einen Affen zerreißt,
Und ihn mit Haut und Haar verspeist.

Ich bin kein Löwe, ich bin kein König
Der Tiere, doch wollt ich erproben ein wenig
Das Neger-Rezept – ich schrieb dies Poem,
Und ich befinde mich besser seitdem.

Jammertal

Der Nachtwind durch die Luken pfeift,
Und auf dem Dachstublager
Zwei arme Seelen gebettet sind;
Sie schauen so blaß und mager.

Die eine arme Seele spricht:
Umschling mich mit deinen Armen,
An meinen Mund drück fest deinen Mund,
Ich will an dir erwarmen.

Die andere arme Seele spricht:
Wenn ich in dein Auge sehe,
Verschwindet mein Elend, der Hunger, der Frost
Und all mein Erdenwehe.

Sie küßten sich viel, sie weinten noch mehr,
Sie drückten sich seufzend die Hände,
Sie lachten manchmal und sangen sogar,
Und sie verstummten am Ende.

Am Morgen kam der Commissär,
Und mit ihm kam ein braver
Chirurgus, welcher konstatiert
Den Tod der beiden Kadaver.

Die strenge Wittrung, erklärte er,
Mit Magenleere vereinigt,
Hat beider Ableben verursacht, sie hat
Zum mindesten solches beschleunigt.

Wenn Fröste eintreten, setzt' er hinzu,
Sei höchst notwendig Verwahrung
Durch wollene Decken; er empfahl
Gleichfalls gesunde Nahrung.

Streiche von der Stirn den Lorbeer
Der zu lang herunterbammelt
Und vernimm mit freiem Ohr, Beer,
Was dir meine Lippe stammelt.

Ja, nur stammeln, stottern kann ich
Trete vor den großen Mann ich,
Dessen hoher Genius
Ist ein wahrer Kunstgenuß,
Dessen Ruhm ein Meisterstück ist
Und kein Zufall, nicht ein Glück ist
Das im Schlafe ohne Müh
Manchem kömmt, er weiß nicht wie
Wie z. B. jener Rotznas
Dem Rossini oder Mozart
Nein der Meister der uns teuer
Unser lieber Beeren-Meyer
Darf sich rühmen er erschuf
Selber seines Namens Ruf,

Durch die Macht der Willenskraft,
Durch des Denkens Wissenschaft,
Durch politisches Gespinste
Und die feinsten Rechenkünste –
Und sein König, sein Protektor
Hat zum Generaldirektor
Sämtlicher Musikanstalten
Ihn ernannt und mit Gewalten
Ausgerüstet,
Die ich heute untertänigst
Ehrfurchtsvoll in Anspruch nehme

Die Menge tut es

»Die Pfannekuchen, die ich gegeben bisher für
Drei Silbergroschen, ich geb sie nunmehr für
Zwei Silbergroschen; die Menge tut es.«

Nie löscht als wäre sie gegossen in Bronze
Mir im Gedächtnis jene Annonce
Die einst ich las im Intelligenz-Blatt
Der intelligenten Borussenhauptstadt!

Borussenhauptstadt, mein liebes Berlin
Dein Ruhm wird blühen ewig grihn
Alswie die Beeme deiner Linden.
Leiden sie immer noch an Winden?
Wie geht's dem Tiergarten? Gibt's dort noch ein Tier
Das ruhig trinkt sein blondes Bier,
Mit der blonden Gattin in den Hütten,
Wo kalte Schale und fromme Sitten?

Borussenhauptstadt, Berlin, was machst du?
Ob welchem Eckensteher lachst du?

Zu meiner Zeit gab's noch kein Nannte,
Es haben damals nur gewitzelt
Der Herr Wisotzki und der bekannte
Kronprinz der jetzt auf dem Throne sitzelt.
Es ist ihm seitdem der Spaß vergangen
Und den Kopf mit der Krone läßt er hangen.
Ich habe ein *faible* für diesen König
Ich glaube, wir sind uns ähnlich ein wenig.
Ein vornehmer Geist, hat viel Talent.
Auch ich, ich wäre ein schlechter Regent.
Wie mir ist auch zuwider ihm
Die Musik, das edle Ungetüm,
Aus diesem Grunde proniert auch er,
Den Musikverderber, den Meyerbeer.
Der König bekam von ihm kein Geld
Wie fälschlich behauptet die böse Welt.
Man lügt so viel! Auch keinen Dreier
Kostet der König dem Bärenmeyer.
Derselbe dirigiert für ihn
Die große Oper zu Berlin
Und dort auch er, der edle Mensch
Wird nur bezahlt *en monnaie de singe*,
Mit Titel und Würden – das ist gewiß
Er arbeitet dort für den *Roi de Prusse*.

Denk ich an Berlin, auch vor mir steht
Sogleich die Universität.
Dort reiten vorüber die roten Husaren
Mit klingendem Spiel, Trompetenfanfaren –
Es dringen die soldatesken Töne
Bis in die Aula der Musensöhne.
Wie geht es dort den Professoren
Mit mehr oder minder langen Ohren?
Wie geht es dem elegant geleckten
Süßlichen Troubadour der Pandekten,
Dem Savigny? Die holde Person
Vielleicht ist sie längst gestorben schon –

Ich weiß es nicht – Ihr dürft's mir entdecken,
Ich werde nicht zu sehr erschrecken –
Auch Lott' ist tot! die Sterbestunde
Sie schlägt für Menschen wie für Hunde,
Zumal für Hunde jener Zunft
Die immer angebellt die Vernunft
Und gern zu einem römischen Knechte
Den deutschen Freiling machen möchte.

Und der Maßman mit der platten Nas,
Hat Maßman noch nicht gebissen ins Gras?
Ich will es nicht wissen, O sagt es mir nicht
Wenn er verreckt – ich würde weinen
O mag es noch lange im Lebenslicht
Hintrippeln auf seinen kurzen Beinchen
Das Wurzelmännchen, das Alräunchen
Mit dem Hängwanst! O diese Figur
War mein Lieblingskreatur
So lange Zeit – ich sehe sie noch
So klein sie war, sie soff wie ein Loch
Mit seinen Schülern, die vom Bier entzügelt
Den armen Turnmeister am Ende geprügelt,
Und welche Prügel! die jungen Helden,
Sie wollten beweisen daß rohe Kraft
Und Flegeltum noch nicht erschlafft
Beim Enkel von Hermann und Thusnelden!
Die ungewaschnen germanischen Hände,
Sie schlugen so gründlich, das nahm kein Ende.
Zumal in den Steiß die vielen Fußtritte –
Und das arme Leder geduldig litte.
Ich kann, rief ich, dir nicht versagen
All meine Bewundrung, wie kannst du ertragen
So viele Prügel, du bist ein Brutus!
Doch Maßman sprach: die Menge tut es.

Doch apropos: wie sind geraten
In diesem Jahr die Teltower Rüben
Und saure Gurken in meiner lieben
Borussenstadt? Und die Literaten,
Befinden sie sich noch frisch und munter?
Und ist noch immer kein Genie darunter?
Jedoch wozu ein Genie? Wir laben
Uns besser an frommen bescheidenen Gaben,
Auch sittliche Menschen haben ihr Gutes –
Zwölf machen ein Dutzend – die Menge tut es.

Und wie geht's in Berlin den Leutenants
Der Garde? haben sie noch ihre Arroganz,
Und ihre enggeschnürte Taille?
Schwadronieren sie noch von Kanaille?
Ich rate Euch, nehmt Euch in acht,
Es bricht noch nicht, jedoch es kracht;
Und es ist das Brandenburger Tor
Noch immer so groß und weit wie zuvor,
Und man könnt Euch auf einmal zum Tor
hinausschmeißen,
Euch alle mitsamt dem Prinzen von Preußen –
Die Menge tut es.

Fabeln

König Langohr I.

Bei der Königswahl, wie sich versteht,
Hatten die Esel die Majorität,
Und es wurde ein Esel zum König gewählt.
Doch hört, was jetzt die Chronik erzählt:
Der gekrönte Esel bildete sich
Jetzt ein, daß er einem Löwen glich;

Er hing sich um eine Löwenhaut,
Und brüllte wie ein Löwe so laut.
Er pflegte Umgang nur mit Rossen –
Das hat die alten Esel verdrossen.
Bulldoggen und Wölfe waren sein Heer,
Drob murrten die Esel noch viel mehr.
Doch als er den Ochsen zum Kanzler erhoben,
Vor Wut die Esel rasten und schnoben.
Sie drohten sogar mit Revolution!
Der König erfuhr es und stülpte die Kron
Sich schnell aufs Haupt, und wickelte schnell
Sich in sein mutiges Löwenfell.
Dann ließ er vor seines Thrones Stufen
Die malkontenten Esel rufen,
Und hat die folgende Rede gehalten:

Hochmögende Esel, ihr jungen und alten!
Ihr glaubt daß ich ein Esel sei
Wie ihr, ihr irrt euch, ich bin ein Leu;
Das sagt mir jeder an meinem Hofe,
Von der Edeldame bis zur Zofe.
Mein Hofpoet hat ein Gedicht
Auf mich gemacht, worin er spricht:

»Wie angeboren dem Kamele
Der Buckel ist, ist deiner Seele
Die Großmut des Löwen angeboren –
Es hat dein Herz keine langen Ohren!«
So singt er in seiner schönsten Strophe,
Die jeder bewundert an meinem Hofe.
Hier bin ich geliebt; die stolzesten Pfauen
Wetteifern, mein königlich Haupt zu krauen.
Die Künste beschütz ich; man muß gestehn,
Ich bin zugleich August und Mäcen.
Ich habe ein schönes Hoftheater;
Die Heldenrollen spielt ein Kater.
Die Mimin Mimi, die holde Puppe,
Und zwanzig Möpse bilden die Truppe.
Ich hab eine Maler-Akademie
Gestiftet für Affen von Genie.
Als ihren Direktor hab ich in petto,
Den Raphael des Hamburger Ghetto,
Lehmann vom Dreckwall, zu engagieren;
Er soll mich auch selber porträtieren.

Ich hab eine Oper, ich hab ein Ballett,
Wo halb entkleidet und ganz kokett
Gar allerliebste Vögel singen
Wo höchst talentvolle Flöhe springen.
Kapellenmeister ist Meyer-Bär,
Der musikalische Millionär;
Jetzt schreibt der große Bären-Meyer
Ein Festspiel zu meiner Vermählungsfeier.
Ich selber übe die Tonkunst ein wenig,
Wie Friedrich der Große, der Preußenkönig.
Er blies die Flöte, ich schlage die Laute
Und manches schöne Auge schaute
Sehnsüchtig mich an, wenn ich mit Gefühl
Geklimpert auf meinem Saitenspiel.

Mit Freude wird einst die Königin
Entdecken, wie musikalisch ich bin!
Sie selbst ist eine vollkommene Stute
Von hoher Geburt, vom reinsten Blute.
Sie ist eine nahe Anverwandte
Von Don Quixotes Rozinante;
Ihr Stammbaum bezeugt, daß sie nicht minder
Verwandt mit dem Bayard der Heymonskinder;
Sie zählt auch unter ihren Ahnen
Gar manchen Hengst, der unter den Fahnen
Gottfrieds von Bouillon gewiehert hat,
Als dieser erobert die heilige Stadt.
Vor allem aber durch ihre Schöne
Glänzt sie! Wenn sie schüttelt die Mähne,
Und wenn sie schnaubt mit den rosigen Nüstern,
Jauchzt auf mein Herz, entzückt und lüstern –
Sie ist die Blume und Krone der Mähren,
Und wird mir einen Kronerben bescheren.
Ihr seht, verknüpft mit dieser Verbindung
Ist meiner Dynastie Begründung.
Mein Name wird nicht untergehn,
Wird ewig in Clios Annalen bestehn.
Die hohe Göttin wird von mir sagen,
Daß ich ein Löwenherz getragen
In meiner Brust, daß ich weise und klug
Regiert, und auch die Laute schlug.

Hier rülpste der König, doch unterbrach er
Nicht lange die Rede und weiter sprach er:

Hochmögende Esel, ihr jungen und alten!
Ich werd euch meine Gunst erhalten,
So lang ihr derselben würdig seid.
Zahlt eure Steuern zur rechten Zeit
Und wandelt stets der Tugend Bahn,
Wie weiland eure Väter getan,

Die alten Esel! Sie trugen zur Mühle
Geduldig die Säcke; denn ihre Gefühle,
Sie wurzelten tief in der Religion,
Sie wußten nichts von Revolution –
Kein Murren entschlüpfte der dicken Lippe,
Und an der Gewohnheit frommen Krippe
Fraßen sie friedlich ihr tägliches Heu!
Die alte Zeit, sie ist vorbei.
Ihr neueren Esel seid Esel geblieben,
Doch ohne Bescheidenheit zu üben.
Ihr wedelt kümmerlich mit dem Schwanz,
Doch drunter lauert die Arroganz.
Ob eurer albernen Miene hält
Für ehrliche Esel euch die Welt;
Ihr seid unehrlich und boshaft dabei,
Trotz eurer demütigen Eselei.
Steckt man euch Pfeffer in den Steiß,
Sogleich erhebt ihr des Eselgeschreis
Entsetzliche Laute! Ihr möchtet zerfleischen
Die ganze Welt, und könnt nur kreischen.
Unsinniger Jähzorn, der alles vergißt!
Ohnmächtige Wut, die lächerlich ist!
Eur dummes Gebreie, es offenbart
Wie viele Tücken jeder Art,
Wie ganz gemeine Schlechtigkeit
Und blöde Niederträchtigkeit
Und Gift und Galle und Arglist sogar
In der Eselshaut verborgen war.

Hier rülpste der König, doch unterbrach er
Nicht lange die Rede und weiter sprach er:

Hochmögende Esel, ihr jungen und alten!
Ihr seht, ich kenne euch! Ungehalten,
Ganz allerhöchst ungehalten bin ich,
Daß ihr so schamlos-widersinnig

Verunglimpft habt mein Regiment.
Auf eurem Eselsstandpunkt könnt
Ihr nicht die großen Löwen-Ideen
Von meiner Politik verstehen.
Nehmt euch in acht! In meinem Reiche
Wächst manche Buche und manche Eiche,
Woraus man die schönsten Galgen zimmert,
Auch gute Stöcke. Ich rat euch, bekümmert
Euch nicht ob meinem Schalten und Walten!
Ich rat euch, ganz das Maul zu halten!
Die Räsoneure, die frechen Sünder,
Die laß ich öffentlich stäupen vom Schinder;
Sie sollen im Zuchthaus Wolle kratzen.
Wird einer gar von Aufruhr schwatzen,
Und Straßen entpflastern zur Barrikade
Ich laß ihn henken ohne Gnade.
Das hab ich euch, Esel, einschärfen wollen!
Jetzt könnt ihr euch nach Hause trollen.

Als diese Rede der König gehalten,
Da jauchzten die Esel, die jungen und alten;
Sie riefen einstimmig: I-A! I-A!
Es lebe der König! Hurrah! Hurrah!

Die Wanderratten

Es gibt zwei Sorten Ratten
Die hungrigen und satten
Die satten bleiben vergnügt zu Haus,
Die hungrigen aber wandern aus

Sie wandern viel tausend Meilen
Ganz ohne Rasten und Weilen
Gradaus in ihrem grimmigen Lauf
Nicht Wind noch Wetter hält sie auf.

Sie klimmen wohl über die Höhen
Sie schwimmen wohl durch die Seen,
Gar mancher ersäuft oder bricht das Genick,
Die Lebenden lassen die Toten zurück

Es haben diese Käuze
Gar fürchterliche Schnäuze
Sie tragen die Köpfe geschoren egal
Ganz radikal, ganz rattenkahl

Die radikale Rotte
Weiß nichts von einem Gotte.
Sie lassen nicht taufen ihre Brut
Die Weiber sind Gemeindegut.

Der sinnliche Rattenhaufen
Er will nur fressen und saufen,
Er denkt nicht während er säuft und frißt,
Daß unsre Seele unsterblich ist.

So eine wilde Ratze
Die fürchtet nicht Hölle nicht Katze,
Sie hat kein Gut, sie hat kein Geld
Und wünscht aufs neue zu teilen die Welt.

Die Wanderratten, O wehe!
Sie sind schon in der Nähe,
Sie rücken heran, ich höre schon
Ihr Pfeifen, die Zahl ist Legion.

O wehe! wir sind verloren
Sie sind schon vor den Toren!
Der Bürgermeister und Senat,
Sie schütteln die Köpfe und keiner weiß Rat.

Die Bürgerschaft greift zu den Waffen,
Die Glocken läuten die Pfaffen.
Gefährdet ist das Palladium
Des sittlichen Staats, das Eigentum.

Nicht Glockengeläute, nicht Pfaffengebete
Nicht hochwohlweise Senatsdekrete
Auch nicht Kanonen, viel Hundertpfünder,
Sie helfen euch heute, ihr lieben Kinder.

Heut helfen euch nicht die Wortgespinste
Der abgelebten Redekünste.
Man fängt nicht Ratten mit Syllogismen
Sie springen über die feinsten Sophismen

Im hungrigen Magen Eingang finden
Nur Suppenlogik mit Knödelgründen
Nur Argumente von Rinderbraten
Begleitet mit Göttinger Wurst-Zitaten.

Ein schweigender Stockfisch in Butter gesotten
Behaget den radikalen Rotten
Viel besser als ein Mirabeau
Und alle Redner seit Cicero.

Pferd und Esel

Auf eisernen Schienen, so schnell wie der Blitz,
Dampfwagen und Dampfkutschen,
Mit dem schwarzbewimpelten Rauchfangmast,
Praßlend vorüberrutschen.

Der Troß kam einem Gehöft vorbei,
Wo über die Hecke guckte
Langhalsig ein Schimmel; neben ihm stand
Ein Esel, der Disteln schluckte.

Mit stierem Blick sah lange das Pferd
Dem Zuge nach. Es zittert
An allen Gliedern, und seufzt und spricht:
Der Anblick hat mich erschüttert!

Wahrhaftig, wär ich nicht von Natur
Bereits gewesen ein Schimmel,
Erbleichend vor Schrecken wär mir die Haut
Jetzt weiß geworden; o Himmel!

Bedroht ist das ganze Pferdegeschlecht
Von schrecklichen Schicksalsschlägen.
Obgleich ein Schimmel, schau ich doch
Einer schwarzen Zukunft entgegen.

Uns Pferde tötet die Konkurrenz
Von diesen Dampfmaschinen –
Zum Reiten, zum Fahren wird sich der Mensch
Des eisernen Viehes bedienen.

Und kann der Mensch zum Reiten uns,
Zum Fahren uns entbehren –
Ade der Hafer! Ade das Heu!
Wer wird uns dann ernähren?

Des Menschen Herz ist hart wie Stein;
Der Mensch gibt keinen Bissen
Umsonst. Man jagt uns aus dem Stall,
Wir werden verhungern müssen.

Wir können nicht borgen und stehlen nicht,
Wie jene Menschenkinder,
Auch schmeicheln nicht wie der Mensch und der Hund –
Wir sind verfallen dem Schinder.

So klagte das Roß, und seufzte tief.
Der Langohr unterdessen
Hat mit der gemütlichsten Seelenruh
Zwei Distelköpfe gefressen.

Er leckte die Schnauze mit der Zung,
Und gemütlich begann er zu sprechen:
Ich will mir wegen der Zukunft nicht
Schon heute den Kopf zerbrechen.

Ihr stolzen Rosse seid freilich bedroht
Von einem schrecklichen Morgen.
Für uns bescheidne Esel jedoch
Ist keine Gefahr zu besorgen.

So Schimmel wie Rappen, so Schecken wie Fuchs,
Ihr seid am Ende entbehrlich;
Uns Esel jedoch ersetzt Hans Dampf
Mit seinem Schornstein schwerlich.

Wie klug auch die Maschinen sind,
Welche die Menschen schmieden,
Dem Esel bleibt zu jeder Zeit
Sein sicheres Dasein beschieden.

Der Himmel verläßt seine Esel nicht,
Die ruhig im Pflichtgefühle,
Wie ihre frommen Väter getan,
Tagtäglich traben zur Mühle.

Das Mühlrad klappert, der Müller mahlt,
Und schüttet das Mehl in die Säcke;
Das trag ich zum Bäcker, der Bäcker backt,
Und der Mensch frißt Bröde und Wecke.

In diesem uralten Naturkreislauf
Wird ewig die Welt sich drehen,
Und ewig unwandelbar wie die Natur,
Wird auch der Esel bestehen.

Moral

Die Ritterzeit hat aufgehört,
Und hungern muß das stolze Pferd.
Dem armen Luder, dem Esel aber
Wird niemals fehlen sein Heu und Haber.

Aus der Zopfzeit

Fabel

Zu Kassel waren zwei Ratten,
Die nichts zu essen hatten.

Sie sahen sich lange hungrig an;
Die eine Ratte zu wispern begann:

Ich weiß einen Topf mit Hirsebrei,
Doch leider steht eine Schildwach dabei;

Sie trägt kurfürstliche Uniform,
Und hat einen Zopf der ist enorm;

Die Flinte ist geladen mit Schrot,
Und wer sich naht, den schießt sie tot.

Die andere Ratte knistert
Mit ihren Zähnchen und wispert:

Des Kurfürsten Durchlaucht sind gescheit,
Er liebt die gute alte Zeit,

Die Zeit der alten Chatten,
Die lange Zöpfe hatten.

Durch ihre Zöpfe die Chatten
Wetteiferten mit den Ratten.

Der Zopf ist aber das Sinnbild nur
Des Schwanzes, den uns verlieh die Natur;

Wir auserwählten Geschöpfe,
Wir haben natürliche Zöpfe.

O Kurfürst, liebst du die Chatten,
So liebst du auch die Ratten;

Gewiß für uns dein Herze klopft,
Da wir schon von der Natur bezopft.

O gib, du edler Philozopf,
O gib uns frei den Hirsetopf,

O gib uns frei den Topf mit Brei,
Und löse ab die Schildwach dabei.

Für solche Huld, für solchen Brei,
Wir wollen dir dienen mit Lieb und Treu.

Und stirbst du einst, auf deinem Grab
Wir schneiden uns traurig die Schwänze ab,

Und flechten sie um dein Haupt als Kranz;
Dein Lorbeer sei ein Rattenschwanz!

Die Wahl-Esel

Die Freiheit hat man satt am End,
Und die Republik der Tiere
Begehrte, daß ein einzger Regent
Sie absolut regiere.

Jedwede Tiergattung versammelte sich,
Wahlzettel wurden geschrieben;
Parteisucht wütete fürchterlich,
Intrigen wurden getrieben.

Das Komitee der Esel ward
Von Alt-Langohren regieret;
Sie hatten die Köpfe mit einer Kokard,
Die schwarz-rot-gold, verzieret.

Es gab eine kleine Pferdepartei,
Doch wagte sie nicht zu stimmen;
Sie hatte Angst vor dem Geschrei
Der Alt-Langohren, der grimmen.

Als einer jedoch die Kandidatur
Des Rosses empfahl, mit Zeter
Ein Alt-Langohr in die Rede ihm fuhr,
Und schrie: Du bist ein Verräter!

Du bist ein Verräter, es fließt in dir
Kein Tropfen vom Eselsblute;
Du bist kein Esel, ich glaube schier,
Dich warf eine welsche Stute.

Du stammst vom Zebra vielleicht, die Haut
Sie ist gestreift zebräisch;
Auch deiner Stimme näselnder Laut
Klingt ziemlich ägyptisch-hebräisch.

Und wärst du kein Fremdling, so bist du doch nur
Verstandesesel, ein kalter;
Du kennst nicht die Tiefen der Eselsnatur,
Dir klingt nicht ihr mystischer Psalter.

Ich aber versenkte die Seele ganz
In jenes süße Gedösel;
Ich bin ein Esel, in meinem Schwanz
Ist jedes Haar ein Esel.

Ich bin kein Römling, ich bin kein Slav;
Ein deutscher Esel bin ich,
Gleich meinen Vätern. Sie waren so brav,
So pflanzenwüchsig, so sinnig.

Sie spielten nicht mit Galanterei
Frivole Lasterspiele;
Sie trabten täglich, frisch-fromm-fröhlich-frei,
Mit ihren Säcken zur Mühle.

Die Väter sind nicht tot! Im Grab
Nur ihre Häute liegen,
Die sterblichen Hüllen. Vom Himmel herab
Schaun sie auf uns mit Vergnügen.

Verklärte Esel im Gloria-Licht!
Wir wollen euch immer gleichen
Und niemals von dem Pfad der Pflicht
Nur einen Fingerbreit weichen.

O welche Wonne, ein Esel zu sein!
Ein Enkel von solchen Langohren!
Ich möcht es von allen Dächern schrein:
Ich bin als ein Esel geboren.

Der große Esel, der mich erzeugt,
Er war von deutschem Stamme;
Mit deutscher Eselsmilch gesäugt
Hat mich die Mutter, die Mamme.

Ich bin ein Esel, und will getreu,
Wie meine Väter, die Alten,
An der alten, lieben Eselei,
Am Eseltume halten.

Und weil ich ein Esel, so rat ich euch,
Den Esel zum König zu wählen;
Wir stiften das große Eselreich,
Wo nur die Esel befehlen.

Wir alle sind Esel! I-A! I-A!
Wir sind keine Pferdeknechte.
Fort mit den Rossen! Es lebe, Hurrah!
Der König vom Eselsgeschlechte!

So sprach der Patriot. Im Saal
Die Esel Beifall rufen.
Sie waren alle national,
Und stampften mit den Hufen.

Sie haben des Redners Haupt geschmückt
Mit einem Eichenkranze.
Er dankte stumm, und hochbeglückt
Wedelt' er mit dem Schwanze.

Duelle

Zwei Ochsen disputierten sich
Auf einem Hofe fürchterlich.
Sie waren beide zornigen Blutes
Und in der Hitze des Disputes
Hat einer von ihnen, zornentbrannt
Den andern einen Esel genannt.
Da Esel ein Tusch ist bei den Ochsen
So mußten die beiden John Bulle sich boxen.

Auf selbigem Hofe zu selbiger Zeit
Gerieten auch zwei Esel in Streit,
Und heftig stritten die beiden Langohren
Bis einer so sehr die Geduld verloren
Daß er ein wildes I-A ausstieß
Und den andern einen Ochsen hieß.
Ihr wißt ein Esel fühlt sich touchiert
Wenn man ihn Ochse tituliert.
Ein Zweikampf folgte, die beiden stießen
Sich mit den Köpfen, mit den Füßen
Gaben sich manchen Tritt in den Podex
Wie es gebietet der Ehre Codex.

Und die Moral? Ich glaub es gibt Fälle
Wo unvermeidlich sind die Duelle;
Es muß sich schlagen der Student
Den man einen dummen Jungen nennt.

Der tugendhafte Hund

Ein Pudel, der mit gutem Fug
Den schönen Namen Brutus trug,
War vielberühmt im ganzen Land
Ob seiner Tugend und seinem Verstand.
Er war ein Muster der Sittlichkeit,
Der Langmut und Bescheidenheit.
Man hörte ihn loben, man hörte ihn preisen,
Als einen vierfüßigen Nathan den Weisen.

Er war ein wahres Hundejuwel!
So ehrlich und treu! eine schöne Seel!
Auch schenkte sein Herr in allen Stücken
Ihm volles Vertrauen, er konnte ihn schicken
Sogar zum Fleischer. Der edle Hund
Trug dann einen Hängekorb im Mund,
Worin der Metzger das schöngehackte
Rindfleisch, Schaffleisch, auch Schweinefleisch packte –
Wie lieblich und lockend das Fett gerochen,
Der Brutus berührte keinen Knochen,
Und ruhig und sicher, mit stoischer Würde,
Trug er nach Hause die kostbare Bürde.

Doch unter den Hunden wird gefunden
Auch eine Menge von Lumpenhunden –
Wie unter uns – gemeine Köter,
Tagdiebe, Neidharte, Schwerenöter,
Die ohne Sinn für sittliche Freuden
Im Sinnenrausch ihr Leben vergeuden!
Verschworen hatten sich solche Racker
Gegen den Brutus, der treu und wacker
Mit seinem Korb im Maule nicht
Gewichen von dem Pfad der Pflicht –

Und eines Tages als er kam
Vom Fleischer und seinen Rückweg nahm
Nach Hause, da ward er plötzlich von allen
Verschworenen Bestien überfallen;
Da ward ihm der Korb mit dem Fleisch entrissen,
Da fielen zu Boden die leckersten Bissen,
Und fraßbegierig über die Beute
Warf sich die ganze hungrige Meute –
Brutus sah anfangs dem Schauspiel zu,
Mit philosophischer Seelenruh,
Doch als er sah, daß solchermaßen
Sämtliche Hunde schmausten und fraßen,
Da nahm er auch an der Mahlzeit teil
Und speiste selbst eine Schöpsenkeul –

Moral

Auch du, mein Brutus, auch du, du frißt?
So ruft wehmütig der Moralist.
Ja böses Beispiel kann verführen;
Und ach! gleich allen Säugetieren,
Nicht ganz und gar vollkommen ist
Der tugendhafte Hund – er frißt!

Fabel

Es saß ein brauner Wanzerich
Auf einem Pfennig und spreizte sich
Wie ein Rentier und sprach: »Wer Geld hat
Auch Ehr und Ansehn in der Welt hat.

Wer Geld hat ist auch lieblich und schön –
Es kann kein Weib mir widerstehn;
Die Weiber erbleichen schon und zittern
Sobald sie meinen Odem wittern.

Ich habe manche Sommernacht
Im Bett der Königin zugebracht;
Sie wälzte sich auf ihren Matratzen
Und mußte sich beständig kratzen.«

Ein lustiger Zeisig, welcher gehört
Die prahlende Worte, war drob empört;
Im heiteren Unmut sein Schnäbelein schliff er
Und auf das Insekt ein Spottlied pfiff er.

Gemein und schmutzig der Wanzerich
Wie Wanzen pflegen rächte er sich;
Er sagte daß ihm der Zeisig grollte
Weil er kein Geld ihm borgen wollte.

Und die Moral? Der Fabulist
Verschweigt sie heute mit klugem Zagen,
Denn mächtig verbündet in unseren Tagen
Das reiche Ungeziefer ist.
Es sitzt mit dem Geldsack unter dem Arsch
Und trommelt siegreich den Dessauer Marsch.

Zum
Lazarus

Von Heine selbst zugeordnet

»Nicht gedacht soll seiner werden«
Aus dem Mund der armen alten
Esther Wolf hört ich die Worte
Die ich treu im Sinn behalten.

Ausgelöscht sein aus der Menschen
Angedenken hier auf Erden –
Ist die Blume der Verwünschung!
Nicht gedacht soll seiner werden.

Herz, mein Herz, ström aus die Fluten
Deiner Klagen und Beschwerden,
Doch von ihm sei nie die Rede –
Nicht gedacht soll seiner werden.

Nicht gedacht soll seiner werden,
Nicht im Liede, nicht im Buche –
Dunkler Hund im dunklen Grabe
Du verfaulst mit meinem Fluche!

Selbst am Auferstehungstage,
Wenn geweckt von den Fanfaren
Der Posaunen, schlotternd wallen
Zum Gericht die Totenscharen,

Und alldort der Engel abliest
Vor den göttlichen Behörden
Alle Namen der Geladnen –
Nicht gedacht soll seiner werden!

Erstorben ist in meiner Brust
Jedwede weltlich eitle Lust,
Erstorben ist mir auch darin
Die Liebe und der Haß, der Sinn
Für eigne wie für fremde Not –
Und in mir lebt nur noch der Tod!

Der Vorhang fällt, das Stück ist aus,
Und gähnend wandelt jetzt nach Haus
Mein liebes deutsches Publikum.
Die guten Leutchen sind nicht dumm;
Das speist jetzt ganz vergnügt zu Nacht,
Und trinkt sein Schöppchen, singt und lacht –

Er hatte recht, der edle Heros,
Der weiland sprach im Buch Homeros:
Der kleinste lebendige Philister
Zu Stukkert am Neckar, viel glücklicher ist er,
Als ich, der Pelide, der tote Held,
Der Schattenfürst in der Unterwelt.

Ich habe verlacht, bei Tag und bei Nacht,
So Männer wie Frauenzimmer;
Ich habe große Dummheiten gemacht –
Die Klugheit bekam mir noch schlimmer.

Die Magd ward schwanger und gebar –
Wozu das viele Gewimmer?
Wer nie im Leben töricht war,
Ein Weiser war er nimmer.

Wer ein Herz hat und im Herzen
Liebe trägt ist überwunden
Schon zur Hälfte, und so lieg ich
Jetzt geknebelt und gebunden.

Wenn ich sterbe wird die Zunge
Ausgeschnitten meiner Leiche;
Denn sie fürchten, redend käm ich
Wieder aus dem Schattenreiche.

Stumm verfaulen wird der Tote
In der Gruft, und nie verraten
Werd ich die an mir verübten
Lächerlichen Freveltaten.

Die Söhne des Glückes beneide ich nicht
Ob ihrem Leben, beneiden
Will ich sie nur ob ihrem Tod,
Dem schmerzlos raschen Verscheiden.

Im Prachtgewand, das Haupt bekränzt
Und Lachen auf der Lippe
Sitzen sie froh beim Lebensbankett –
Da trifft sie jählings die Hippe.

Im Festkleid und mit Rosen geschmückt,
Die noch wie lebend blühten
Gelangen in das Schattenreich
Fortunas Favoriten.

Nie hatte Siechtum sie entstellt,
Sind Tote von guter Miene
Und huldreich empfängt sie an ihrem Hof
Zarewna Proserpine.

Wie sehr muß ich beneiden ihr Los!
Schon sieben Jahr mit herben
Qualvollen Gebresten wälz ich mich
Am Boden und kann nicht sterben!

O Gott, verkürze meine Qual
Damit man mich bald begrabe;
Du weißt ja, daß ich kein Talent
Zum Martyrtume habe.

Ob deiner Inkonsequenz, o Herr,
Erlaube daß ich staune:
Du schufest den fröhlichsten Dichter und raubst
Ihm jetzt seine gute Laune

Der Schmerz verdumpft den heitern Sinn
Und macht mich melancholisch;
Nimmt nicht der traurige Spaß ein End,
So werd ich am Ende katholisch.

Ich heule dir dann die Ohren voll
Wie andre gute Christen –
O Miserere! Verloren geht
Der beste der Humoristen!

Nachts, erfaßt vom wilden Geiste,
Streck ich die geballten Fäuste
Drohend aus – jedoch erschlafft
Sinkt der Arm, mir fehlt die Kraft.

Leib und Seele sind gebrochen,
Und ich sterbe ungerochen.
Auch kein Blutsfreund zornentflammt,
Übernimmt das Rächeramt.

Ach! Blutsfreunde sind es eben
Welche mir den Tod gegeben.
Und die schnöde Meucheltat
Ward verübet durch Verrat.

Siegfried gleich dem hürnen Recken
Wußten sie mich hinzustrecken –
Leicht erspäht Familienlist,
Wo der Held verwundbar ist.

Wenn sich die Blutegel vollgesogen,
Man streut auf ihren Rücken bloß
Ein bißchen Salz, und sie fallen ab –
Doch dich, mein Freund, wie werd ich dich los?

Mein Freund, mein Gönner, mein alter Blutsauger,
Wo find ich für dich das rechte Salz?
Du hast mir liebreich ausgesaugt
Den letzten Tropfen Rückgratschmalz.

Auch bin ich seitdem so abgemagert
Ein ausgebeutet armes Skelett –
Du aber schwollest stattlich empor
Die Wänglein sind rot, das Bäuchlein ist fett.

O Gott, schick mir einen braven Banditen,
Der mich ermordet mit raschem Stoß –
Nur diesen langweilgen Blutegel nicht;
Der langsam saugt – wie werd ich ihn los?

Mir lodert und wogt im Hirn eine Flut
Von Wäldern, Bergen und Fluren;
Aus dem tollen Wust tritt endlich hervor
Ein Bild mit festen Konturen.

Das Städtchen das mir im Sinne schwebt
Ist Godesberg, ich denke.
Dort wieder unter dem Lindenbaum
Sitz ich vor der alten Schenke.

Der Hals ist mir trocken, als hätt ich verschluckt
Die untergehende Sonne.
Herr Wirt! Herr Wirt! eine Flasche Wein
Aus eurer besten Tonne.

Es fließt der holde Rebensaft
Hinunter in meine Seele
Und löscht bei dieser Gelegenheit
Den Sonnenbrand der Kehle.

Und noch eine Flasche, Herr Wirt, ich trank
Die erste in schnöder Zerstreuung,
Ganz ohne Andacht! Mein edler Wein
Ich bitte dich drob um Verzeihung.

Ich sah hinauf nach dem Drachenfels,
Der hochromantisch beschienen
Vom Abendrot, sich spiegelt im Rhein
Mit seinen Burgruinen.

Ich horchte dem fernen Winzergesang
Und dem kecken Gezwitscher der Finken –
So trank ich zerstreut und an den Wein
Dacht ich nicht während dem Trinken.

Jetzt aber steck ich die Nase ins Glas,
Und ernsthaft zuvor beguck ich
Den Wein den ich schlucke, manchmal auch
Ganz ohne zu gucken, schluck ich.

Doch sonderbar! Während dem Schlucken wird mir
Zu Sinne als ob ich verdoppelt,
Ein andrer armer Schlucker sei
Mit mir zusammengekoppelt.

Der sieht so krank und elend aus
So bleich und abgemergelt.
Gar schmerzlich verhöhnend schaut er mich an,
Wodurch er mich seltsam nergelt.

Der Bursche behauptet er sei ich selbst,
Wir wären nur eins wir beide,
Wir wären ein einziger armer Mensch,
Der jetzt am Fieber leide.

Nicht in der Schenke von Godesberg,
In einer Krankenstube
Des fernen Paris befänden wir uns –
Du lügst du bleicher Bube.

Du lügst, ich bin so gesund und rot
Wie eine blühende Rose,
Auch bin ich stark, nimm dich in acht,
Daß ich mich nicht erbose.

Er zuckt die Achsel und seufzt: O Narr!
Das hat meinen Zorn entzügelt;
Und mit dem verdammten zweiten Ich
Hab ich mich endlich geprügelt.

Doch sonderbar jedweder Puff,
Den ich dem Burschen erteile
Empfinde ich am eignen Leib,
Und ich schlage mir Beule auf Beule.

Bei dieser fatalen Balgerei
Ward wieder der Hals mir trocken,
Und will ich rufen nach Wein den Wirt,
Die Worte im Munde stocken.

Mir schwinden die Sinne und traumhaft hör ich
Von Kataplasmen reden
Auch von der Mixtur – ein Eßlöffel voll –
Zwölf Tropfen stündlich in jeden.

Für eine Grille – keckes Wagen! –
Hab ich das Leben eingesetzt
Und nun das Spiel verloren jetzt,
Mein Herz du darfst dich nicht beklagen.

Die Sachsen sagen: »Minschenwille
Ist Minschen-Himmelrik« – Ich gab
Das Leben hin, jedoch ich hab
Verwirklicht meines Lebens Grille!

Die Seligkeit die ich empfunden
Darob war nur von kurzer Frist
Doch wer von Wonne trunken ist
Der rechnet nicht nach eitel Stunden

Wo Seligkeit ist Ewigkeit
Hier lodern alle Liebesflammen
In eine einzge Glut zusammen;
Hier gibt es weder Raum noch Zeit

Mein Tag war heiter, glücklich meine Nacht.
Mir jauchzte stets mein Volk, wenn ich die Leier
Der Dichtkunst schlug. Mein Lied war Lust
und Feuer,
Hat manche schöne Gluten angefacht.

Noch blüht mein Sommer, dennoch eingebracht
Hab ich die Ernte schon in meine Scheuer –
Und jetzt soll ich verlassen was so teuer,
So lieb und teuer mir die Welt gemacht!

Der Hand entsinkt das Saitenspiel. In Scherben
Zerbricht das Glas, das ich so fröhlich eben
An meine übermütgen Lippen preßte.

O Gott! wie häßlich bitter ist das Sterben!
O Gott! wie süß und traulich läßt sich leben
In diesem traulich süßen Erdenneste!

Ganz entsetzlich ungesund
Ist die Erde, und zugrund,
Ja, zugrund muß alles gehn,
Was hienieden groß und schön.

Sind es alten Wahns Phantasmen,
Die dem Boden als Miasmen
Stumm entsteigen und die Lüfte
Schwängern mit dem argen Gifte?

Holde Frauenblumen, welche
Kaum erschlossen ihre Kelche
Den geliebten Sonnenküssen,
Hat der Tod schon fortgerissen.

Helden, trabend hoch zu Roß,
Trifft unsichtbar das Geschoß;
Und die Kröten sich beeifern,
Ihren Lorbeer zu begeifern.

Was noch gestern stolz gelodert,
Das ist heute schon vermodert;
Seine Leier mit Verdruß
Bricht entzwei der Genius.

O wie klug sind doch die Sterne!
Halten sich in sichrer Ferne
Von dem bösen Erdenrund,
Das so tödlich ungesund.

Kluge Sterne wollen nicht
Leben, Ruhe, Himmelslicht
Hier einbüßen, hier auf Erden,
Und mit uns elendig werden –

Wollen nicht mit uns versinken
In den Twieten, welche stinken,
In dem Mist, wo Würmer kriechen,
Welche auch nicht lieblich riechen –

Wollen immer ferne bleiben
Vom fatalen Erdentreiben,
Von dem Klüngel und Geruddel,
Von dem Erdenkuddelmuddel.

Mitleidsvoll aus ihrer Höhe
Schaun sie oft auf unser Wehe;
Eine goldne Träne fällt
Dann herab auf diese Welt.

Die Liebe begann im Monat März,
Wo mir erkrankte Sinn und Herz.
Doch als der Mai, der grüne, kam
Ein Ende all mein Trauern nahm

Es war am Nachmittag um drei,
Wohl auf der Moosbank der Einsiedelei
Die hinter der Linde liegt versteckt,
Da hab ich ihr mein Herz entdeckt.

Die Blumen dufteten. Im Baum
Die Nachtigall sang, doch hörten wir kaum
Ein einziges Wort von ihrem Gesinge –
Wir hatten zu reden viel wichtige Dinge.

Wir schwuren uns Treue bis in den Tod.
Die Stunden schwanden, das Abendrot
Erlosch. Doch saßen wir lange Zeit
Und weinten in der Dunkelheit.

Ich seh im Stundenglase schon
Den kargen Sand zerrinnen.
Mein Weib, du engelsüße Person!
Mich reißt der Tod von hinnen.

Er reißt mich aus deinem Arm, mein Weib,
Da hilft kein Widerstehen
Er reißt die Seele aus dem Leib –
Sie will vor Angst vergehen.

Er jagt sie aus dem alten Haus,
Wo sie so gerne bliebe.
Sie zittert und flattert – wo soll ich hinaus?
Ihr ist wie dem Floh im Siebe.

Das kann ich nicht ändern, wie sehr ich mich sträub,
Wie sehr ich mich winde und wende;
Der Mann und das Weib, die Seel und der Leib,
Sie müssen sich trennen am Ende.

Den Strauß, den mir Mathilde band
Und lächelnd brachte, mit bittender Hand
Weis ich ihn ab – Nicht ohne Grauen
Kann ich die blühenden Blumen schauen.

Sie sagen mir, daß ich nicht mehr
Dem schönen Leben angehör,
Daß ich verfallen dem Totenreiche,
Ich arme unbegrabne Leiche.

Wenn ich die Blumen rieche, befällt
Mich heftiges Weinen – Von dieser Welt
Voll Schönheit und Sonne, voll Lust und Lieben,
Sind nur die Tränen mir geblieben.

Wie glücklich war ich wenn ich sah
Den Tanz der Ratten der Opera –
Jetzt hör ich schon das fatale Geschlürfe
Der Kirchhofsratten und Grab-Maulwürfe.

O Blumendüfte, ihr ruft empor
Ein ganzes Ballett, ein ganzes Chor
Von parfümierten Erinnerungen –
Das kommt auf einmal herangesprungen,

Mit Kastagnetten und Zimbelklang
In flittrigen Röckchen, die nicht zu lang,
Doch all ihr Tändeln und Kichern und Lachen
Es kann mich nur noch verdrießlicher machen!

Fort mit den Blumen! Ich kann nicht ertragen
Die Düfte die von alten Tagen
Mir boshaft erzählt viel holde Schwänke –
Ich weine wenn ich derselben gedenke –

Ich war, o Lamm, als Hirt bestellt
Zu hüten dich auf dieser Welt.
Hab dich mit meinem Brot geätzt,
Mit Wasser aus dem Born geletzt.
Wenn kalt der Wintersturm gelärmt
Hab ich dich an der Brust erwärmt.
Hier hielt ich fest dich angeschlossen
Wenn Regengüsse sich ergossen
Und Wolf und Waldbach um die Wette
Geheult im dunkeln Felsenbette.
Du bangtest nicht, hast nicht gezittert
Selbst wenn den höchsten Tann zersplittert
Der Wetterstrahl – in meinem Schoß
Du schliefest still und sorgenlos.

Mein Arm wird schwach, es schleicht herbei
Der blasse Tod! Die Schäferei,
Das Hirtenspiel, es hat ein Ende.
O Gott ich leg in deine Hände
Zurück den Stab – behüte du
Mein armes Lamm, wenn ich zur Ruh
Bestattet bin – und dulde nicht
Daß irgendwo ein Dorn sie sticht –
O schütz ihr Vließ vor Dornenhecken
Und auch vor Sümpfen, die beflecken,
Laß überall zu ihren Füßen
Das allerbeste Futter sprießen
Und laß sie schlafen sorgenlos,
Wie einst sie schlief in meinem Schoß!

Wie schön er ist, so qualvoll auch,
Mit seinen Feuerbränden,
Ist dieses Lebens Fiebertraum –
Laß bald, o Gott, ihn enden.

Erschließe mir das Schattenland!
Ich will die Lippe dort nässen
Mit jener Flut die kühlend schenkt
Ein ewiges Vergessen

Vergessen wird alles – die Liebe allein
Vergißt man nicht im Tode!
Das Märchen vom Lethestrand ersann
Ein griechisch liebloser Rhapsode.

Guter Rat

Gib ihren wahren Namen immer
In deiner Fabel ihren Helden.
Wagst du es nicht, ergeht's dir schlimmer
Zu deinem Eselbilde melden
Sich gleich ein Dutzend graue Toren –
Das sind ja meine langen Ohren
Ruft jeder, dieses gräßlich grimme
Gebreie ist ja meine Stimme –
Der Esel bin ich! obgleich nicht genannt
Erkennt mich doch mein Vaterland,
Mein Vaterland Germania!
Der Esel bin ich! I-A! I-A!
Hast einen Dummkopf schonen wollen
Und zwölfe sind es die dir grollen.

Thematisch mit dem Lazarus-*Zyklus verwandt, aber nicht von Heine selbst zugeordnet*

Ein Sonett

Sie küßten mich mit ihren falschen Lippen,
Sie haben mir kredenzt den Saft der Reben
Und haben mich dabei mit Gift vergeben –
Das taten mir die Magen und die Sippen.

Es schmilzt das Fleisch von meinen armen Rippen,
Ich kann mich nicht vom Siechbett mehr erheben,
Arglistig stahlen sie mein junges Leben –
Das taten mir die Magen und die Sippen.

Ich bin ein Christ – wie es im Kirchenbuche
Bescheinigt steht – deshalb, bevor ich sterbe,
Will ich euch fromm und brüderlich verzeihen.

Es wird mir sauer – ach! mit meinem Fluche
Möcht ich weit lieber euch vermaladeien:
Daß euch der Herr verdamme und verderbe.

Orpheisch

In stillen Nächten denk ich oft,
Du solltest mal dem Schattenreich entsteigen,
Und lösen alle Rätsel mir
Und mich von deiner Unschuld überzeugen.

Ich harre dein – o komme bald!
Und kommst du nicht, so steig ich selbst zur Hölle,
Daß ich alldort vor Satanas
Und allen Teufeln dich zur Rede stelle.

Ich komme und wie Orpheus einst
Trotz ich der Unterwelt und ihren Schrecken –
Ich finde dich, und wolltest du
Im tiefsten Höllenpfuhle dich verstecken.

Hinunter jetzt ins Land der Qual,
Wo Händeringen nur und Zähneklappen –
Ich reiße dir die Larve ab,
Der angeprahlten Großmut Purpurlappen – –

Celimene

Glaube nicht, daß ich aus Dummheit
Dulde deine Teufeleien;
Glaub auch nicht ich sei ein Herrgott,
Der gewohnt ist zu verzeihen.

Deine Nücken, deine Tücken,
Hab ich freilich still ertragen.
Andre Leut an meinem Platze
Hätten längst dich totgeschlagen.

Schweres Kreuz! gleichviel, ich schlepp es!
Wirst mich stets geduldig finden –
Wisse, Weib, daß ich dich liebe
Um zu büßen meine Sünden.

Ja, du bist mein Fegefeuer,
Doch aus deinen schlimmen Armen
Wird geläutert mich erlösen
Gottes Gnade und Erbarmen.

Stunden, Tage, Ewigkeiten
Sind es, die wie Schnecken gleiten;
Diese grauen Riesenschnecken
Ihre Hörner weit ausrecken.

Manchmal in der öden Leere,
Manchmal in dem Nebelmeere
Strahlt ein Licht, das süß und golden,
Wie die Augen meiner Holden.

Doch im selben Nu zerstäubet
Diese Wonne, und mir bleibet
Das Bewußtsein nur, das schwere,
Meiner schrecklichen Misère.

Die Liebesgluten, die so lodernd flammten,
Wo gehn sie hin wenn unser Herz verglommen?
Sie gehn dahin woher sie einst gekommen,
Zur Hölle, wo sie braten die Verdammten.

Geleert hab ich nach Herzenswunsch
Der Liebe Kelch, ganz ausgeleert
Das ist ein Trank der uns verzehrt
Wie flammendheißer Cognacpunsch.
Da lob ich mir die laue Wärme
Der Freundschaft, jedes Seelenweh
Stillt sie, erquickend die Gedärme
Wie eine fromme Tasse Tee.

Es geht am End, es ist kein Zweifel,
Der Liebe Glut sie geht zum Teufel.
Sind wir einmal von ihr befreit
Beginnt für uns die beßre Zeit
Das Glück der kühlen Häuslichkeit.
Der Mensch genießet dann die Welt,
Die immer lacht fürs liebe Geld,
Er speist vergnügt sein Leibgericht
Und in den Nächten wälzt er nicht
Schlaflos sein Haupt, er ruhet warm
In seiner treuen Gattin Arm.

Mittelalterliche Rohheit
Weicht dem Aufschwung schöner Künste:
Instrument moderner Bildung
Ist vorzüglich das Klavier.

Auch die Eisenbahnen wirken
Heilsam aufs Familienleben,
Sintemal sie uns erleichtern
Die Entfernung von der Sippschaft.

Wie bedaur ich daß die Darre
Meines Rückgratmarks mich hindert,
Lange Zeit noch zu verweilen
In dergleichen Fortschrittswelt!

Es kommt der Tod – jetzt will ich sagen
Was zu verschweigen ewiglich
Mein Stolz gebot: für dich, für dich,
Es hat mein Herz für dich geschlagen.

Der Sarg ist fertig, sie versenken
Mich in die Gruft. Da hab ich Ruh
Doch du, doch du, Maria, du
Wirst weinen oft und mein gedenken.

Du ringst sogar die schönen Hände –
O tröste dich – das ist das Los,
Das Menschenlos, was gut und groß
Und schön das nimmt ein schlechtes Ende

Gedichte an die Mouche

Dich fesselt mein Gedankenbann
Und was ich dachte, was ich sann
Das mußt du denken, mußt du sinnen –
Kannst meinem Geiste nicht entrinnen.

Ein gar subtiler Spiritus
Ist dieser Geist, ein Dominus
Im Geisterheer vom höchsten Range;
Ihn ehrt sogar die Muhme Schlange.

Stets weht dich an sein süßer Hauch
Und wo du bist, da ist er auch
Du bist sogar im Bett nicht sicher
Vor seinem Kusse und Gekicher.

Mein Leib liegt tot im Grab, jedoch
Mein Geist er ist lebendig noch
Und wohnt gleich einem Hauskobolde
In deinem Herzchen, meine Holde.

Vergönn das traute Nestchen ihm,
Du wirst nicht los das Ungetüm,
Du wirst nicht los den kleinen Schnapphahn,
Und flöhest du bis China, Japan!

Denn überall wohin du reist
Sitzt ja im Herzchen dir mein Geist
Hier träumt er seine tollsten Träume
Hier schlägt er seine Burzelbäume.

Hörst du? Er musizieret jetzt –
Die Flöh in deinem Hemd ergetzt
So sehr sein Saitenspiel und Singen,
Daß sie vor Wonne hochaufspringen.

Laß mich mit glühnden Zangen kneipen,
Laß grausam schinden mein Gesicht;
Laß mich mit Ruten peitschen, stäupen,
Doch warten, warten laß mich nicht!

Laß mit Torturen aller Arten
Verrenken, brechen mein Gebein –
Doch laß mich nicht vergebens warten,
Denn Warten ist die schlimmste Pein!

Den ganzen Nachmittag bis sechse
Hab gestern ich umsonst geharrt –
Umsonst – du kamest nicht, o Hexe,
So daß ich schier wahnsinnig ward!

Die Ungeduld hielt mich umringelt
Wie Schlangen, jeden Augenblick
Fuhr ich empor wenn man geklingelt –
Doch kamst du nicht, ich fiel zurück!

Du kamest nicht – ich rase, schnaube,
Und Satanas raunt mir ins Ohr:
Die holde Lotosblum, ich glaube
Mokiert sich deiner, alter Tor!

Wahrhaftig wir beide bilden
Ein kurioses Paar
Die Liebste ist schwach auf den Beinen
Der Liebhaber lahm sogar.

Sie ist ein leidendes Kätzchen
Und er ist krank wie ein Hund;
Ich glaube im Kopfe sind beide
Nicht sonderlich gesund.

Sie sei eine Lotosblume
Bildet die Liebste sich ein;
Doch er, der blasse Geselle,
Vermeint der Mond zu sein.

Vertraut sind ihre Seelen,
Doch jedem von beiden bleibt fremd
Was bei dem andern befindlich
Wohl zwischen Seel und Hemd!

Die Lotosblume erschließet
Ihr Kelchlein im Mondenlicht;
Doch statt des befruchtenden Lebens
Empfängt sie nur ein Gedicht!

Es träumte mir von einer Sommernacht
Wo bleich verwittert in dem Mondenglanze
Bauwerke lagen, Reste alter Pracht
Ruinen aus der Zeit der Renaissance.

Nur hie und da mit dorisch ernstem Knauf
Hebt aus dem Schutt sich einzeln eine Säule
Und schaut zum Firmament hinauf
Als ob sie spotte seiner Donnerkeile.

Gebrochen an dem Boden liegen rings
Portale, Giebeldächer mit Skulpturen
Wo Mensch und Tier vermischt, Centaur und Sphinx,
Satyr, Chimäre, Fabelzeitfiguren.

Auch manches Frauenbild von Stein liegt hier
Unkrautumwuchert in dem hohen Grase;
Die Zeit, die schlimmste Syphilis, hat ihr
Geraubt ein Stück der edlen Nymphennase.

Es steht ein offner Marmor-Sarkophag
Ganz unverstümmelt unter den Ruinen,
Und gleichfalls unversehrt im Sarge lag
Ein toter Mann mit leidend sanften Mienen –

Karyatiden mit gerecktem Hals
Scheinen mühsam das Monument zu halten;
An beiden Seiten sah man ebenfalls
Viel basreliefgemeißelte Gestalten.

Hier sah man des Olympos Herrlichkeit
Mit seinen liederlichen Heidengöttern;
Adam und Eva stehn dabei, sind beid
Versehn mit keuschem Schurz von Feigenblättern.

Hier sah man Trojas Untergang und Brand
Paris und Helena, auch Hektor sah man,
Moses und Aaron gleich daneben stand,
Auch Judith, Holofern und Haman.

Desgleichen war zu sehn der Gott Amour
Phöbus Apoll, Vulkanus und Frau Venus,
Pluto und Proserpine und Merkur,
Gott Bachus mit Priapus und Silenus.

Daneben stand der Esel Barlaams,
(Der Esel war zum Sprechen gut getroffen)
Dort sah man auch die Prüfung Abrahams
Und Loth, der mit den Töchtern sich besoffen.

Hier war zu schaun der Tanz Herodias
Das Haupt des Täufers trägt man auf der Schüssel;
Die Hölle sah man hier und Satanas,
Und Petrus mit dem großen Himmelsschlüssel.

Abwechselnd wieder sah man hier skulptiert
Des geilen Jovis Brunst und Freveltaten,
Wie er als Schwan die Leda hat verführt,
Die Danae als Regen von Dukaten.

Hier war zu sehn Dianas wilde Jagd,
Ihr folgen hochgeschürzte Nymphen, Doggen;
Hier sah man Herkules in Frauentracht
Die Spindel drehend, hielt im Arm den Rocken.

Daneben ist der Sinai zu sehn
Am Berg steht Israel mit seinen Ochsen;
Man schaut den Herrn als Kind im Tempel stehn,
Und disputieren mit den Orthodoxen.

Die Gegensätze sind hier grell gepaart:
Des Griechen Lustsinn und der Gottgedanke
Judäas! Und in Arabeskenart
Um beide schlingt das Efeu seine Ranke.

Doch wunderbar! derweilen solcherlei
Bildwerke träumend ich betrachtet habe
Wird plötzlich mir zu Sinn, ich selber sei
Der tote Mann im schönen Marmorgrabe.

Zu Häupten aber meiner Ruhestätt
Stand eine Blume rätselhaft gestaltet,
Die Blätter schwefelgelb und violett,
Doch wilder Liebreiz in der Blume waltet.

Das Volk nennt sie die Blume der Passion
Und sagt, sie sei dem Schädelberg entsprossen,
Als man gekreuzigt hat den Gottessohn,
Und dort sein welterlösend Blut geflossen.

Blutzeugnis, heißt es, gebe diese Blum
Und alle Marterinstrumente welche
Den Henkern dienten bei dem Martyrtum
Trage sie konterfeit in ihrem Kelche.

Ja, alle Requisiten der Passion
Sähe man hier, die ganze Folterkammer,
Zum Beispiel, Geißel, Stricke, Dornenkron,
Das Kreuz, den Kelch, Nägel und Hammer.

Solch eine Blum an meinem Grabe stand,
Sich über meinen Leichnam niederbeugend
Wie Frauentrauer, küßt sie mir die Hand,
Küßt Stirne mir und Augen trostlos schweigend.

Doch Zauberei des Traumes! Seltsamlich
Die Blume der Passion, die schwefelgelbe
Verwandelt in ein Frauenbildnis sich –
Und das ist sie, die Liebste, ja dieselbe.

Du warst die Blume, du, geliebtes Kind
An deinen Küssen mußt ich dich erkennen –
So zärtlich keine Blumenlippen sind,
So feurig keine Blumentränen brennen!

Geschlossen war mein Aug, doch angeblickt
Hat meine Seel beständig dein Gesichte;
Du sahst mich an, beseligt und verzückt
Und geisterhaft beglänzt vom Mondenlichte.

Wir sprachen nicht. Jedoch mein Herz vernahm
Was du verschwiegen dachtest im Gemüte –
Das ausgesprochne Wort ist ohne Scham,
Das Schweigen ist der Liebe keusche Blüte.

Und wie beredsam dieses Schweigen ist!
Man sagt sich alles ohne Metaphoren,
Ganz ohne Feigenblatt, ganz ohne List
Des Silbenfalls, des Wohllauts der Rhetoren.

Lautloses Zwiegespräch! man glaubt es kaum,
Wie bei dem stummen zärtlichen Geplauder,
So schnell die Zeit verstreicht im schönen Traum
Der Sommernacht, gewebt aus Lust und Schauder!

Was wir gesprochen? frag es niemals, ach!
Den Glühwurm frag was er den Gräsern glimmert?
Die Welle frage was sie rauscht im Bach?
Frage den Westwind was er weht und wimmert?

Frag was er strahlet der Karfunkelstein?
Frag was sie düfteln, Nachtviol und Rosen?
Doch frage nie wovon im Mondenschein
Die Marterblume und ihr Toter kosen!

Ich weiß es nicht wie lange ich genoß
In meiner schlummerkühlen Marmortruhe
Den schönen Friedenstraum – Ach, es zerfloß
Die Wonne meiner ungestörten Ruhe!

O Tod! mit deiner Grabesstille, du,
Nur du kannst uns die beste Wollust geben –
Den Krampf der Leidenschaft, Lust ohne Ruh
Gibt uns für Glück das albern blöde Leben!

Doch wehe mir! Es schwand die Seligkeit,
Als draußen plötzlich sich ein Lärm erhoben,
Es war ein scheltend, stampfend wüster Streit –
Ach! meine Blum verscheuchte dieses Toben.

Ja draußen sich erhob mit wildem Grimm
Ein Zanken, ein Gekeife, ein Gekläffe!
Ich glaubte zu erkennen manche Stimm –
Es waren meines Grabmals Basreliefe.

Spukt in dem Stein der alte Glaubenswahn?
Und disputieren diese Marmorschemen?
Der Schreckensruf des grimmen Waldgotts Pan
Wetteifert wild mit Mosis Anathemen.

O dieser Streit wird endgen nimmermehr,
Stets wird die Wahrheit hadern mit dem Schönen,
Stets wird geschieden sein der Menschheit Heer
In zwei Partein, Barbaren und Helenen.

Das fluchte, schimpfte! gar keine Ende nahm's
Mit dieser Kontroverse, der langweilgen!
Da war zumal der Esel Barlaams,
Der überschrie die Götter und die Heilgen.

Mit diesem I-A! I-A! dem Gewiehr
Dem rülpsend ekelhaften Mißlaut brachte
Mich zur Verzweiflung fast das dumme Tier –
Ich selbst zuletzt schrie auf – und ich erwachte.

Worte! Worte! keine Taten!
Niemals Fleisch, geliebte Puppe,
Immer Geist und keinen Braten,
Keine Knödel in der Suppe!

Doch vielleicht ist dir zuträglich
Nimmermehr die Lendenkraft
Welche galoppieret täglich
Auf dem Roß der Leidenschaft

Wie anmutstolze Siegesbogen –
Auch Grübchenringe, lieblich gezogen,
Dicht unter dem Aug, in den rosigen Wänglein –
Doch leider weder Menschen noch Englein
Sind ganz vollkommen – Das herrlichste Wesen
Hat seine Fehler, wie wir lesen
In allen Märchen. Herr Lusignan,
Der einst die schönste Meerfee gewann,
Hat doch an ihr, in manchen Stunden,
Den heimlichen Schlangenschwanz gefunden.

Warnung

Verletze nicht durch kalten Ton
Den Jüngling, welcher dürftig, fremd,
Um Hülfe bittend, zu dir kömmt –
Er ist vielleicht ein Göttersohn.

Siehst du ihn wieder einst, sodann
Die Gloria sein Haupt umflammt;
Den strengen Blick, der dich verdammt,
Dein Auge nicht ertragen kann.

Ewigkeit! wie bist du lang
Länger noch als tausend Jahr
Tausend Jahre brat ich schon,
Ach! Und ich bin noch nicht gar.

Ewigkeit! wie bist du lang
Länger noch als 1000 Jahr,
Und der Satan kommt am End
Frißt mich auf mit Haut und Haar.

Der Helfer

Du frohlockst, Plantagenet, und glaubst
Daß du die letzte Hoffnung uns raubst,
Weil deine Knechte ein Grabmal fanden,
Worauf der Name »Arthur« gestanden.

Arthur ist nicht gestorben, es barg
Nicht seinen Leichnam der steinerne Sarg.
Ich selber sah ihn vor wenig Tagen
Lebendigen Leibes im Walde jagen.

Er trug ein Kleid von grünem Samt,
Die Lippe lacht, das Auge flammt.
Er kam mit seinen Jagdgenossen
Einhergeritten auf stolzen Rossen.

Wie allgewaltig sein Hüfthorn schallt,
Trara – trara – durch Tal und Wald!
Die Zauberklänge, die Wundertöne,
Sie sind verständlich für Kornwalls Söhne.

Sie melden, die Zeit ist noch nicht da,
Doch kommt sie bald – Trara – trara! –
Und König Arthur mit seinen Getreuen,
Wird von den Normannen das Land befreien.

Rationalistische Exegese

Nicht *von* Raben, nein *mit* Raben
Wurde Elias ernähret –
Also ohne Wunder haben
Wir die Stelle uns erkläret.

Ja, anstatt gebratner Tauben,
Gab man ihm gebratne Raben,
Wie wir deren selbst mit Glauben
Zu Berlin gespeiset haben.

Unbequemer neuer Glauben!
Wenn sie uns den Herrgott rauben,
Hat das Fluchen auch ein End –
Himmel – Herrgott – Sakrament!

Wir entbehren leicht das Beten,
Doch das Fluchen ist vonnöten
Wenn man gegen Feinde rennt –
Himmel – Herrgott – Sakrament!

Nicht zum Lieben, nein, zum Hassen,
Sollt ihr uns den Herrgott lassen,
Weil man sonst nicht fluchen könnt –
Himmel – Herrgott – Sakrament!

Beine hat uns zwei gegeben
Gott der Herr, um fortzustreben,
Wollte nicht daß an der Scholle
Unsre Menschheit kleben solle.
Um ein Stillstandsknecht zu sein
Gnügte uns ein einzges Bein.

Augen gab uns Gott ein Paar
Daß wir schauen rein und klar;
Um zu glauben was wir lesen,
Wär *ein* Auge gnug gewesen.

Gott gab uns die Augen beide,
Daß wir schauen und begaffen
Wie er hübsch die Welt erschaffen
Zu des Menschen Augenweide.
Doch beim Gaffen in den Gassen
Sollen wir die Augen brauchen
Und uns dort nicht treten lassen
Auf die armen Hühneraugen,
Die uns ganz besonders plagen
Wenn wir enge Stiefel tragen.

Gott versah uns mit zwei Händen,
Daß wir doppelt Gutes spenden
Nicht um doppelt zuzugreifen
Und die Beute aufzuhäufen
In den großen Eisentruhn,
Wie gewisse Leute tun –
(Ihren Namen auszusprechen
Dürfen wir uns nicht erfrechen, –
Hängen würden wir sie gern
Doch sie sind so große Herrn.
Philanthropen, Ehrenmänner,
Manche sind auch unsre Gönner,
Und man macht aus deutschen Eichen
Keine Galgen für die Reichen.)

Gott gab uns nur eine Nase,
Weil wir zwei in einem Glase
Nicht hineinzubringen wüßten,
Und den Wein verschlappern müßten.

Gott gab uns nur *einen* Mund,
Weil zwei Mäuler ungesund.
Mit dem einen Maule schon
Schwätzt zu viel der Erdensohn.
Wenn er doppeltmäulig wär
Fräß und lög er auch noch mehr.

Hat er jetzt das Maul voll Brei
Muß er schweigen unterdessen,
Hätt er aber Mäuler zwei
Löge er sogar beim Fressen.

Mit zwei Ohren hat versehn
Uns der Herr. Vorzüglich schön
Ist dabei die Symmetrie.
Sind nicht ganz so lang wie die,
So er unsern grauen, braven
Kameraden anerschaffen.
Ohren gab uns Gott die beiden
Um von Mozart, Gluck und Haiden,
Meisterstücke anzuhören –
Gäb es nur Tonkunst-Kolik
Und Hämerhoidal-Musik
Von dem großen Meyerbeer,
Schon *ein* Ohr hinlänglich wär.

Als zur blonden Teutolinde
Ich in solcher Weise sprach,
Seufzte sie und sagte: ach!
Grübeln über Gottes Gründe,
Kritisieren unsern Schöpfer,
Ach! das ist als ob der Topf
Klüger sein wollt als der Töpfer!
Doch der Mensch fragt stets: warum?
Wenn er sieht daß etwas dumm
Freund ich hab dir zugehört,
Und du hast mir gut erklärt
Wie zum weisesten Behuf
Gott dem Menschen zwiefach schuf
Augen, Ohren, Arm' und Bein'
Während er ihm gab nur ein
Exemplar von Nas und Mund –
Doch nun sage mir den Grund:

Gott der Schöpfer der Natur,
Warum schuf er einfach nur
Das skabrose Requisit
Das der Mann gebraucht damit
Er fortpflanze seine Rasse
Und zugleich sein Wasser lasse
Teurer Freund, ein Duplikat
Wäre wahrlich hier vonnöten
Um Funktionen zu vertreten
Die so wichtig für den Staat
Wie fürs Individuum,
Kurz fürs ganze Publikum –
Zwei Funktionen die so greulich
Und so schimpflich und abscheulich
Mit einander kontrastieren,
Und die Menschheit sehr blamieren.
Eine Jungfrau von Gemüt
Muß sich schämen wenn sie sieht
Wie ihr höchstes Ideal
Wird entweiht so trivial!
Wie der Hochaltar der Minne
Wird zur ganz gemeinen Rinne!
Psyche schaudert denn der kleine
Gott Amur der Finsternis
Er verwandelt sich beim Scheine
Ihrer Lamp – in Mankepiß.

Also Teutolinde sprach
Und ich sagte ihr: Gemach!
Unklug wie die Weiber sind,
Du verstehst nicht liebes Kind
Gottes Nützlichkeitssystem.
Sein Ökonomie-Problem
Ist daß wechselnd die Maschinen
Jeglichem Bedürfnis dienen,
Den profanen wie dem heilgen,
Den pikanten wie langweilgen –

Alles wird simplifiziert,
Klug ist alles kombiniert:
Was dem Menschen dient zum Seichen
Damit schafft er seinesgleichen
Auf demselben Dudelsack
Spielt dasselbe Lumpenpack.
Feine Pfote, derbe Patsche
Fiddelt auf derselben Bratsche.
Durch dieselben Dämpfe, Räder
Springt und singt und gähnt ein jeder
Und derselbe Omnibus
Fährt uns nach dem Tartarus.

An Eduard G.

Du hast nun Titel, Ämter, Würden, Orden,
Hast Wappenschild mit panaschiertem Helm,
Du bist vielleicht auch Exzellenz geworden –
Für mich jedoch bist du ein armer Schelm.

Mir imponieret nicht der Seelenadel
Den du dir anempfunden sehr geschickt,
Obgleich er glänzt wie eine Demantnadel
Die des Philisters weißes Brusthemd schmückt.

O Gott! ich weiß, in deiner goldbetreßten
Hofuniform, gar kümmerlich, steckt nur
Ein nackter Mensch, behaftet mit Gebresten,
Ein seufzend Ding, die arme Kreatur.

Ich weiß, bedürftig, wie die andern alle,
Bist du der Atzung, kackst auch jedenfalls
Wie sie – deshalb mit dem Gemeinplatzschwalle
Von Hochgefühlen bleibe mir vom Hals.

An meinen Bruder Max

Max, du kehrst zurück nach Rußlands
Steppen – doch ein großer Kuhschwanz
Ist für dich die Welt: Pläsier
Bietet jede Schenke hier.

Du ergreifst die nächste Grethe
Und beim Klange der Trompete
Und der Pauke – dumdumdum –
Trampelst du mit ihr herum.

Wo dir winken große Humpen
Läßt du gleichfalls dich nicht lumpen,
Und wenn du des Bachus voll
Reimst du Lieder wie Apoll.

Immer hast du ausgeübet
Luthers Wahlspruch: wer nicht liebet
Wein und Weiber und Gesang,
Bleibt ein Narr sein lebelang.

Möge, Max, das Glück bekränzen
Stets dein Haupt und dir kredenzen
Täglich seinen Festpokal
In des Lebens Kuhschwanzsaal!

Citronia

Das war in jener Kinderzeit,
Als ich noch trug ein Flügelkleid
Und in die Kinderschule ging,
Wo ich das Abc anfing –
Ich war das einzge kleine Bübchen
In jenem Vogelkäfigstübchen.

Ein Dutzend Mädchen, allerliebst
Wie Vöglein haben dort gepiepst,
Gezwitschert und getiriliert,
Auch ganz erbärmlich buchstabiert.
Frau Hindermans im Lehnstuhl saß,
Die Brille auf der langen Nas,
(Ein Eulenschnabel war's vielmehr.)

Das Köpflein wackelnd hin und her,
Und in der Hand die Birkenrut,
Womit sie schlug die kleine Brut,
Das weinend kleine arme Ding,
Das harmlos einen Fehl beging –
Das Röcklein wurde aufgehoben
Nach hinten, und die kleinen Globen,
Die dort sich wölben rührend schön,
Manchmal wie Rosen anzusehn,
Manchmal wie Liljen, wie die gelben
Violen manchmal, ach! dieselben
Sie wurden von der alten Frau
Geschlagen bis sie braun und blau!
Mißhandelt und beschimpft zu werden,
Das ist des Schönen Los auf Erden.

Citronia hab ich genannt
Das wunderbare Zauberland,
Das ich einst bei der Hindermans
Erblickt im goldnen Sonnenglanz –
Es war so zärtlich ideal,
Zitronenfarbig und oval,
So anmutvoll und freundlich mild
Und stolz empört zugleich – dein Bild,
Du erste Blüte meiner Minne!
Es kam mir niemals aus dem Sinne.
Das Kind ward Jüngling und jetzunder
Bin ich ein Mann sogar – O Wunder,

Der goldne Traum der Kinderzeit
Taucht wieder auf in Wirklichkeit!
Was ich gesucht die Kreuz und Quer,
Es wandelt leiblich vor mir her,
Ich hauche ein der holden Nähe
Gewürzten Odem – doch, o wehe!
Ein Vorhang von schwarzbrauner Seide
Raubt mir die süße Augenweide!
Der dumme Lappen, der so dünne
Wie das Gewebe einer Spinne,
Verhüllet mir die Gloria
Des Zauberlands Citronia!
Ich bin wie König Tantalus,
Mich lockt und neckt zugleich Genuß:
Der Trunk, wonach die Lippen dürsten
Entgleitet mir wie jenem Fürsten;
Die Frucht, die ich genösse gern,
Sie ist mir nah und doch so fern!
Ein Fluch dem Wurme, welcher spann
Die Seide, und ein Fluch dem Mann,
Dem Weber, welcher wob den Taft,
Woraus der dunkle, schauderhaft
Infame Vorhang ward gemacht,
Der mir verfinstert alle Pracht
Und allen goldnen Sonnenglanz
Citronias, des Zauberlands!

Manchmal, mit toller Fieberglut,
Faßt mich ein Wahnsinnübermut –
O die verwünschte Scheidewand!
Es treibt mich dann mit kecker Hand
Die seidne Hülle abzustreifen,
Nach meinem nackten Glück zu greifen –
Jedoch aus allerlei Rücksichten
Muß ich auf solche Tat verzichten; –

Auch ist dergleichen Dreistigkeit
Nicht mehr im Geiste unsrer Zeit –
Es heiligt jetzt der Sitte Kodex
Die Unantastbarkeit des Podex.

Nachwort

Unverblümt an andern Orten
Werdet ihr in klaren Worten
Später ganz ausführlich lesen
Was Citronia gewesen.
Unterdes, wer ihn versteht,
Einen Meister nie verrät –
Wißt ihr doch, daß jede Kunst
Ist am End ein blauer Dunst.

Was war jene Blume, welche
Weiland mit dem blauen Kelche
So romantisch süß geblüht
In des Ofterdingen Lied?

War's vielleicht die blaue Nase
Seiner mitschwindsüchtgen Base,
Die im Adelsstifte starb?
Mag vielleicht von blauer Farb
Ein Strumpfband gewesen sein,
Das beim Hofball fiel vom Bein
Einer Dame – Firlefanz!
Honny soit qui mal y pense!

Welcher Frevel! Freund! Abtrünnig
Wirst du deiner fetten Hanne,
Und du liebst jetzt jene spinnig
Dürre, magre Marianne!

Läßt man sich vom Fleische locken,
Das ist immer noch verzeihlich;
Aber Buhlschaft mit den Knochen,
Diese Sünde ist abscheulich!

Das ist Satans böse Tücke,
Er verwirret unsre Sinne!
Wir verlassen eine Dicke,
Und wir nehmen eine Dünne!

Eduard

Panaschierter Leichenwagen,
Schwarzbehängte Trauerpferde!
Ihm, den sie zu Grabe tragen,
Glückte nichts auf dieser Erde.

War ein junger Mann. Er hätte
Gern wie andre sich erquicket
An dem irdischen Bankette,
Doch es ist ihm nicht geglücket.

Lieblich ward ihm eingeschenket
Der Champagner, perlenschäumend;
Doch er saß, das Haupt gesenket,
Melancholisch ernst und träumend.

Manchmal ließ er in den Becher
Eine stille Träne fließen,
Während rings umher die Zecher
Ihre Lust erschallen ließen.

Nun geh schlafen! Viel freudsamer
Wachst du auf in Himmelssälen,
Und kein Weltrausch-Katzenjammer
Wird dich dort wie andre quälen.

Hab eine Jungfrau nie verführet
Mit Liebeswort, mit Schmeichelei,
Ich hab auch nie ein Weib berühret
Wußt ich daß sie vermählet sei.

Wahrhaftig, wenn es anders wäre
Mein Name, er verdiente nicht
Zu strahlen in dem Buch der Ehre;
Man dürft mir spucken ins Gesicht.

Am Himmel Sonne Mond und Stern
Sie zeugen von der Macht des Herrn
Und schaut des Frommen Aug nach oben
Den Schöpfer wird er preisen, loben.

Ich brauche nicht so hoch zu gaffen,
Auf Erden schon find ich genung
Kunstwerke welche Gott erschaffen
Die würdig der Bewunderung.

Ja, lieben Leute erdenwärts
Senkt sich bescheidentlich mein Blick
Und findet hier das Meisterstück
Der Schöpfung: unser Menschenherz.

Wie herrlich auch der Sonne Pracht
Wie lieblich auch in stiller Nacht
Das Mondenlicht, der Sterne Glanz,
Wie strahlend der Kometen Schwanz –

Die Himmelslichter allesamt
Sie sind nur eitel Pfennigskerzen
Vergleich ich sie mit jenem Herzen
Das in der Brust des Menschen flammt –

Das ist die Welt in Miniatur,
Hier gibt es Berge, Wald und Flur,
Einöden auch mit wilden Bestjen
Die oft das arme Herz belästgen –

Hier stürzen Bäche, rauschen Flüsse,
Hier gähnen Gründe, Felsabschüsse,
Viel bunte Gärten, grüne Rasen
Wo Lämmlein oder Esel grasen

Hier gibt's Fontänen welche springen
Derweilen arme Nachtigallen
Um schönen Rosen zu gefallen
Sich an den Hals die Schwindsucht singen

Auch an Abwechslung fehlt es nicht
Heut ist das Wetter warm und licht
Doch morgen schon ist herbstlich kalt
Und nebelgrau die Flur, der Wald.

Die Bäume sie entlauben sich,
Die Winde stürmen fürchterlich
Und endlich flockt herab der Schnee
Zu Eis erstarret Fluß und See.

Jetzt aber gibt es Winterspiele
Vermummt erscheinen die Gefühle,
Ergeben sich dem Mummenschanz
Und dem berauschten Maskentanz –

Freilich inmitten dieser Freuden
Beschleicht sie oft geheimes Leiden
Trotz Mummenschanz und Tanzmusik
Sie seufzen nach verlornem Glück –

Da plötzlich kracht's – erschrecke nicht
Es ist das Eis, das jetzo bricht,
Die Rinde schmilzt, die frostig glatte,
Die unser Herz umschlossen hatte –

Entweichen muß, was kalt und trübe,
Es kehrt zurück, o Herrlichkeit
Der Lenz, die schöne Jahreszeit,
Geweckt vom Zauberstab der Liebe!

Groß ist des Herren Gloria
Hier unten groß wie in der Höh.
Ich singe ihm ein Kyrie
Eleison und Halleluja.

Er schuf so schön, er schuf so süß
Das Menschenherze und er blies
Hinein des eignen Odems Geist,
Des Odems welcher Liebe heißt.

Fort mit der Lyra Griechenlands
Fort mit dem liederlichen Tanz
Der Musen, fort, in frömmern Weisen
Will ich den Herrn der Schöpfung preisen.

Fort mit der Heiden Musika
Davidis frommer Harfenklang
Begleite meinen Lobgesang!
Mein Psalm ertönt: Halleluja!

Anhang

Zu dieser Ausgabe

1. Gedichte. 1853 und 1854

Für diese Sammlung ist der Text aus »Vermischte Schriften von Heinrich Heine, Erster Band, Hamburg: Hoffmann und Campe, 1854«, S. 123–214 zugrunde zu legen. Dieser 1. Band setzte sich aus folgenden vier Abteilungen zusammen: I. »Geständnisse«; II. »Gedichte. 1853 und 1854«; III. »Die Götter im Exil«; IV. »Die Göttin Diana. (Nachtrag zu den Göttern im Exil.)«, »Ludwig Marcus. Denkworte«. Heine hat die Drucklegung überwacht und die Fahnen Korrektur gelesen, wenngleich wegen der Unerfahrenheit der Druckerei und des langen Weges zwischen Hamburg und Paris einige Schwierigkeiten und Mißverständnisse auftraten. Zudem kam es zu einem Doppeldruck des 1. Bandes der *Vermischten Schriften*, der weitere zusätzliche Fehler enthält.
Die Orthographie der Texte wie der Textzitate und Lesarten im Kommentar wurde – außer in bibliographischem Zusammenhang – unter Wahrung des Lautstands behutsam dem heutigen Gebrauch angeglichen. Die Interpunktion sowie die Schreibung der Eigennamen blieb durchweg gewahrt. Apostrophe wurden nur gesetzt, wo sie für das Textverstehen hilfreich erschienen.
An folgenden Stellen waren Eingriffe in den Text der Druckvorlagen notwendig:

Rote Pantoffel

2 Schustersfrau] Schusterfrau

Zum Lazarus

7.
3 Urtel] Urteil
10 bezüchtet] bezichtet

Himmelfahrt

24 Eurer] eurer
27 Euch] euch
47 regent] regnet
86 Freude –] Freude, –

Der Philanthrop

28 macht'] macht

Guter Rat

25 Shawl] Shwal

Erinnerung an Hammonia

15 O,] O

Jung-Katerverein für Poesie-Musik

5 Sommernachtshochzeitstraum] Sommernachthochzeitstraum

Kobes I.

23 Das] Der
29 Haupt] Haupt,
71 arme] armen

Epilog

[Titel] XXIII] XIII

Bei den Gedichten aus dem Umkreis der *Gedichte. 1853 und 1854* ist zunächst zwischen den noch zu Lebzeiten gedruckten und den ungedruckt gebliebenen Nachlaßtexten zu unterscheiden. Für die noch zu Lebzeiten gedruckten Gedichte wurde der Erstdruck zugrunde gelegt. Bei den Nachlaßgedichten folgt der Druck den jeweiligen handschriftlichen bzw. gedruckten Überlieferungsträgern, deren Beschaffenheit (ob eigenhändige Handschrift, Niederschrift fremder Hand oder postumer Druck) im Kommentar angegeben ist.

2. Lyrischer Nachlaß

Unter dieser in der Heine-Forschung seit langem eingeführten Überschrift werden hier die nach dem Erscheinen der *Neuen Gedichte* von 1844 entstandenen, ungedruckt gebliebenen Gedichte versammelt, die nicht in ganz unmittelbarem Zusammenhang mit den beiden Sammlungen *Romanzero* und *Gedichte. 1853 und 1854* stehen. Zwar hätten von den Entstehungsdaten her einige wenige Gedichte dem zeitlichen Umfeld des *Romanzero* oder der *Gedichte. 1853 und 1854* zugeordnet werden können. Doch ist es einerseits reizvoll, einen Überblick über den Gesamtbestand an Gedichten zu gewinnen, aus dem Heine seinen geplanten allerletzten Lyrik-Band hätte formen können; andererseits ist die ganz überwiegende Mehrzahl der Texte tatsächlich nach Erscheinen der *Vermischten Schriften* entstanden.

Textgrundlage ist bei diesen Nachlaßgedichten die Handschrift, soweit sie vorhanden ist, ansonsten der Erstdruck bzw. ein nach der Handschrift vorgenommener Druck. Manche Texte, wie z. B. *Bimini*, sind nicht nur Fragment geblieben, sondern auch mit mancher Flüchtigkeit der Schreibung behaftet. Unser Text übernimmt die rund 70 vorsichtigen Ergänzungen von Buchstaben bzw. römischen Ziffern in der Düsseldorfer Ausgabe, verzichtet aber auf deren Kennzeichnung durch spitze Klammern.

Zitate aus Heines Werken folgen der Düsseldorfer Heine-Ausgabe (DHA), Briefzitate der Heine-Säkularausgabe (HSA). Die Briefdaten ermöglichen ein Auffinden der Zitatstellen.

Insgesamt ist die vorliegende Ausgabe den Vorarbeiten der historisch-kritischen Düsseldorfer Heine-Ausgabe dankbar verpflichtet, insbesondere dem Band:

Heinrich Heine: Historisch-kritische Gesamtausgabe der Werke. In Verb. mit dem Heinrich-Heine-Institut hrsg. von Manfred Windfuhr. Bd. 3: Romanzero. Gedichte. 1853 und 1854. Lyrischer Nachlaß. Bearb. von Frauke Bartelt und Alberto Destro. Hamburg 1991.

DHA Heinrich Heine: Historisch-kritische Gesamtausgabe der Werke. Hrsg. von Manfred Windfuhr. Bd. 1 ff. Hamburg: Hoffmann und Campe, 1973 ff. [Düsseldorfer Heine-Ausgabe.]

HSA Heinrich Heine: Säkularausgabe. Werke, Briefwechsel, Lebenszeugnisse. Hrsg. von den Nationalen Forschungs- und Gedenkstätten der klassischen deutschen Literatur in Weimar und dem Centre National de la Recherche Scientifique in Paris. Bd. 1 ff. Berlin/Paris: Akademie Verlag / Ed. du Centre National de la Recherche Scientifique, 1970 ff. [Säkularausgabe.]

[illegible] hatte [illegible] den E[illegible] [illegible]
Gedichte [illegible]
[illegible]
[illegible] Gesamtausgabe [illegible] allerletzten [illegible]
[illegible]
[illegible]

[illegible] gedichte [illegible]
[illegible] der [illegible]
[illegible] Manche [illegible]
[illegible] gefunden [illegible]
[illegible]
[illegible] Ausgabe [illegible]
[illegible]
[illegible] Heine [illegible]
(DHA) [illegible] Ausgabe [illegible]
[illegible]

[illegible]
[illegible]

[illegible] Gesamtausgabe der Werke [illegible]
[illegible]
[illegible]
[illegible]

[illegible] Heine [illegible] Gesamtausgabe der
Werke [illegible]
[illegible] Hamburg [illegible]

[illegible] Werke, Briefwechsel, [illegible]
[illegible]
[illegible]
[illegible]
[illegible]
[illegible]

Entstehung

Bereits 1853 spielte Heine mit dem Gedanken, die nach Veröffentlichung des *Romanzero* noch bei ihm liegenden Gedichte zu publizieren, verwarf diesen Gedanken dann jedoch mit dem Hinweis, daß sie »vielleicht nicht rathsam zu publiziren wären« (an Christian Schad, 26. April 1853). In der Folge spielten diese Gedichte eine gewisse Rolle im Tauziehen mit Campe um den Verlag der *Vermischten Schriften* und wurden, als der Verleger endlich auf die hohe Honorarforderung Heines einging, auch ohne Zögern für die Sammlung zur Verfügung gestellt. Mit Brief vom 7. März 1854 ging das Manuskript an Campe ab. Es fehlte der Zyklus *Zum Lazarus*, den Heine ursprünglich an den Anfang stellen wollte, dann ganz zurückzog, und schließlich im April/Mai 1854 als Nr. VIII noch nachträglich dem Manuskript einverleibte. Dabei nahm er gleich noch einige Umstellungen im Schluß-Teil der *Gedichte* vor und tauschte zwei Texte aus: *Erlauschtes* und *Simplizissimus I.* mußten für *Erinnerung aus Krähwinkels Schreckenstagen* und *Die Audienz* weichen.

Ursprüngliche Anordnung		Neue Anordnung
XIV	Guter Rat	Mimi
XV	Erinnerung an Hammonia	Guter Rat
XVI	Erlauschtes	Erinnerung an Hammonia
XVII	Schnapphahn und Schnapphenne	Dass.
XVIII	Jung-Katerverein für . . .	Dass.
XIX	Hans ohne Land	Dass.
XX	Simplizissimus I.	Erinnerung aus Krähwinkels . . .
XXI	Kobes I.	Die Audienz
XXII	Epilog	Kobes I.
XXIII	–	Epilog

Insgesamt schätzte Heine, wie aus verschiedenen brieflichen Zeugnissen hervorgeht, die Qualität und den besonderen Ton seiner neuen Sammlung sehr hoch ein und glaubte, bei etwas Ruhe und Zeit einen Band liefern zu können, der dem *Romanzero* vergleichbar wäre.
Bis zur Auslieferung von Band 1 der *Vermischten Schriften* mit *Gedichte. 1853 und 1854* am 11. Oktober 1854 hatten die Gedichte noch eine Menge für den kranken Heine besonders unerfreuliche Hindernisse zu überwinden, da die Druckerei sehr schlampig arbeitete und es zu verschiedenen Mißverständnissen und Verzögerungen kam. In den Besprechungen spielen die *Gedichte* nur eine untergeordnete Rolle oder werden eher negativ bewertet.
Anknüpfend an die beiden *Lazarus*-Zyklen nannte er die vor der deutschen Ausgabe erschienene französische Übersetzung *Le Livre de Lazare*. Den Titel *Buch Lazarus* verwandte er auch später noch mit dem Hinweis auf seine Absicht, diesen Aspekt seiner Sammlung weiter auszubauen. Daß es nicht nur bei der Absicht blieb, zeigen eine ganze Reihe der Nachlaßgedichte, die offensichtlich in den *Lazarus*-Kontext gehören. Heines Plan zu einem eigenständigen vierten Lyrikband ist dann von seinem Tod durchkreuzt worden.
Wie der umfangreiche Bestand an Nachlaßgedichten deutlich macht, lag ausreichend Material für einen solchen vierten Band vor, auch wenn nicht alle hier unter der Rubrik »Lyrischer Nachlaß« versammelten Gedichte aus der Zeit nach Abschluß der *Gedichte. 1853 und 1854* stammen. Über die Entstehungsdaten im einzelnen gibt der Kommentar zu jedem Gedicht Auskunft. Einige von den früher entstandenen hatte Heine nie für den Druck in Betracht gezogen, sei es aus Gründen der Selbstzensur, sei es aus politischen oder ästhetischen Erwägungen, manche konnten aus äußeren Gründen nicht erscheinen, ganz wenige sind Gelegenheitsgedichte. Dem Vorschlag der Düsseldorfer Historisch-Kritischen Ausgabe folgend, die sich ihrerseits teilweise auf in der Heine-Forschung eingeführte Kategorien stützt, ist der Gesamtbestand der Nachlaßgedichte in sechs Gruppen untergliedert worden. Die Gruppen »Zum Lazarus« und »Fabeln« sind mehr oder weniger von Heine selbst gebildet; die restlichen vier Gruppen ergeben sich aus den inhaltlichen Eigenarten der Texte.

Kommentar

7 I. Ruhelechzend

Entstehung: 1853/54.

14 *Piano-Fortes Folter:* In seiner Wohnung in der Rue d'Amsterdam, wo auch dieser Text entstand, litt Heine ganz besonders unter den ihm verhaßten Klavierübungen der Nachbarschaft.

19 *Genie Giacomos:* Heines Verhältnis zu dem Opernkomponisten Giacomo Meyerbeer (1791 – 1864) hatte sich nach anfänglicher gegenseitiger Hochachtung im Verlauf der 40er Jahre zu offener Feindschaft gewandelt, die sich in weiteren nachgelassenen Texten ausspricht (vgl. im folgenden: Festgedicht, Epilog usw.).

23 f. *besser ... geboren:* Gleich im ersten Gedicht bezieht Heine sich auf das Buch Hiob, wo dieser verzweifelte Wunsch ebenfalls ausgesprochen wird (3,11 ff.). Die Gestalt Hiobs gibt auch für viele weitere Gedichte des Zyklus den Hintergrund ab.

8 II. Im Mai

Entstehung: 1853/54.

14 *Stymphaliden:* menschenfressende Vögel, die von Herakles ausgerottet wurden.

15 *Furien:* Wesen der Unterwelt, welche die Schuldigen verfolgen.

16 *Cerberus:* mehrköpfiger Höllenhund der antiken Mythologie.

19 *Proserpinens:* Proserpina war die Gattin des Pluto, des Gottes der Unterwelt.

9 III. Leib und Seele

Entstehung: Frühjahr 1854.

10 IV. Rote Pantoffeln

Entstehung: 1853/54.

5 f. *Maroquin / Safian:* feine Ziegenlederarten; Satin ist ein edler Stoff.

17 f. *Frau Kitze, Frau Katze:* Zitat aus dem Märchen *Von der Frau Füchsin* in den *Kinder- und Hausmärchen* der Brüder Grimm.

12 V. Babylonische Sorgen

Entstehung: 1853.

32 *Gott Ganesa in Hindostan:* Der hinduistische Schutzgott der Eheleute wird als dicker Mann mit Elefantenrüssel dargestellt.

13 VI. Das Sklavenschiff

Entstehung: 1851.

Mitte des 19. Jh.s war der Sklavenhandel noch sehr verbreitet. Auch die Tanzszene hat ihr Vorbild in der Realität: Die Gefangenen mußten sich während der Schiffsreise gelegentlich bewegen.

13 1

1 *Superkargo:* Bevollmächtigter einer Handelskompanie, der die Ladung begleitet.

4 *probabeln:* von frz. *probable* ›wahrscheinlich‹.

10 *am Senegalflusse:* Die Mündung des Senegal war ein zentraler Sklavenmarkt.

18 *Rio Janeiro:* Brasilien war im 19. Jh. das Land mit der höchsten Zahl an Sklaven.

84 *kuranzen:* veraltet für: quälen, plagen.

16 2

47 f. *Trau ... Dichter:* vgl. Shakespeare, *Der Kaufmann von Venedig* (V,1): »Der Mann, der nicht Musik hat in ihm selbst, / Den nicht die Eintracht süßer Töne rührt, / ... / Ist ein Barbar ...«

51 *Fockmast:* Vordermast.

18 VII. Affrontenburg

Entstehung: 1853.

Das Gedicht spielt an auf das Landhaus des Onkels Salomon Heine in Ottensen, elbabwärts von Hamburg in Richtung Nordsee. Mit diesem Haus und seinem Garten verbindet Heine die Erinnerung an vielfache persönliche Kränkungen und »Affronts« (Beleidigungen). Das Haus glich im übrigen eher einer Villa als einer Burg.

11 *Boreas:* Der Nordwind, hier metaphorisch für den Onkel Salomon.

21 VIII. Zum Lazarus

Entstehung: 1854.

Mit diesem Zyklus nimmt Heine einen Faden aus dem *Romanzero* wieder auf. Dort stehen am Ende der Abteilung *Lamentationen* 20 Texte unter dem Zyklentitel *Lazarus.* Dabei vermischen sich die beiden Figuren mit dem Namen Lazarus aus dem Neuen Testament: Lazarus der arme Aussätzige (Lk. 16,19–31) und Lazarus aus Bethanien, der Bruder Marias und Marthas, den Jesus vom Tode auferweckt (Joh. 11,1–44 und 12,1–11). In den *Geständnissen* läßt Heine einen aussätzigen Kleriker aus dem 15. Jahrhundert auftreten, dem die Zeit, der *Limburger Chronik* zufolge, ihre schönsten Gedichte verdankte. In diesem armen Dichter ist das Bindeglied zwischen den biblischen Lazarus-Figurationen und der Situation des kranken Heine zu sehen. Heine hatte im Bild des Lazarus den seine ganz persönliche Lage treffenden Assoziationsraum gefunden, den er immer wieder aufsuchte (s. auch »Lyrischer Nachlaß«). In diesen Gedichten wird die persönliche Situation des sterbenden Dichters, der in seinen schlaflosen Nächten und unter unsäglichen Schmerzen seine Texte schreibt, noch direkter mit in die Texte hineingenommen.

21 1

1 *Parabolen:* von griech.-lat. *parabola* ›Bericht, Parabel‹; gemeint sind die biblischen Gleichnisse.

5 f. *Warum ... Gerechte:* Hiob 21,7–18: »Warum leben denn die Gottlosen, werden alt und nehmen zu mit Gütern?« Im Hintergrund dieses Gedichts steht die Figur des Hiob.

21 2

1 *schwarze Frau:* Frau Unglück, Frau Sorge.

23 4

13 *Lethes Wasser:* In der antiken Mythologie ist Lethe der Fluß des Vergessens.

24 6

9 *Strand des Rheins:* In der 1. Fassung heißt es hier noch »am Elbestrand«, was für eine Ansiedlung der Szene in Hamburg

spricht. Dieses Gedicht könnte, wie die beiden folgenden, Heines Zuneigung zu seiner Cousine Therese Heine (verh. Halle) spiegeln, die den kranken Dichter im Juni 1853 in Paris besuchte.

25 7

1 *Schöppenstuhle:* niederdt. Form für: Schöffenstuhl.
3 *Urtel:* veraltet für: Urteilsspruch.
10 *bezüchtigt:* veraltet für: bezichtigt.

26 9

8 *Frau Jokastens Sohn und Gatte:* Ödipus tötete unwissentlich seinen Vater; durch Lösen eines Rätsels (das richtige Wort hieß »der Mensch«) befreite er die Stadt Theben von der Sphinx. Aus Dankbarkeit boten die Thebaner ihm die Hand der verwitweten Königin Jokaste an, seiner Mutter. Als Ödipus vom Orakel über sein Schicksal aufgeklärt wurde, blendete er sich und wurde aus der Stadt verbannt.

27 10

Das Gedicht vermischt die Figuren der römischen Parzen mit denen der nordischen Nornen und den »Drei Spinnerinnen« aus dem gleichnamigen Märchen der Brüder Grimm.

12 *Zindel:* glimmendes Holz, glühende Kohlen.

29 IX. Die Libelle

Entstehung: 1853.

Heines ursprüngliche Quelle war ein in den Anmerkungen zum 3. Band der Grimmschen *Kinder- und Hausmärchen* mitgeteiltes japanisches Märchen. Davon ausgehend entstand eine erste, siebenstrophige Version des Gedichts, in deren letzter Strophe der Bezug zur Quelle ausdrücklich erwähnt wird.

12 *Versprechen Holland und Brabant:* Sprichwörtliche Redensart, die soviel sagen will wie: Das Blaue vom Himmel herunter versprechen.
24 *Heimatwald:* ›Wald‹ ist häufig bei Heine Chiffre für Deutschland.
43 f. *Drob ... Exils:* Gemeint ist Dante, der die letzten 20 Jahre bis zu seinem Tod im Exil lebte.

31 X. Himmelfahrt

Entstehung: 1853/54.

48 *auch eine schöne Gegend!:* Heine hat diesen typisch Berliner Ausruf (»Ooch ne scheene Jejend!«) verschiedentlich zitiert.

63 *Xantuppe:* Xanthippe, die Frau des Sokrates, steht sprichwörtlich für eine zänkische Ehefrau.

90 *Malibran:* Die spanische Sängerin Maria de la Felicidad Garcia (1808–36) wurde unter diesem Namen ihres ersten Ehemanns berühmt.

94 *Rubini:* Giovanni Battista R. (1795–1854), italienischer Tenor.

95 *Mario und Tamburini:* Giuseppe M., Marchese di Candia (1808–83), italienischer Tenor; Antonio T. (1800–76), italienischer Bariton.

110 *Landsknecht / Pharo:* alte Kartenspiele.

114 f. *Berlin/München/Wien:* Das protestantische Berlin und seine Hegel-Tradition werden hier gegen die katholischen Zentren und ihre restaurativ ausgerichteten Meinungsführer gestellt.

34 XI. Die Wahlverlobten

Entstehung: 1853/54.

[Titel] In Anlehnung an Goethes *Wahlverwandtschaften* gebildet und wie diese auf die naturgegebene Anziehungskraft zweier Personen anspielend.

41 *Avalun:* Land der Feen und der romantischen Poesie.

36 XII. Der Philanthrop

Entstehung: 1853/54.

Biographischer Hintergrund dieses Gedichts ist der Groll Heines über die geringe Erbschaft, mit der er von seinem Onkel Salomon Heine, einem der bedeutendsten Wohltäter Hamburgs, bedacht worden war.

39 XIII. Die Launen der Verliebten

Entstehung: 1853.

Quelle für dieses Gedicht ist ein deutsches Volkslied, das Heine bereits in der *Harzreise* dem angeblichen Schneidergesellen in den Mund legt, dem er unterwegs begegnet: »Ein Käfer auf dem Zaune saß, brum brum. ...« Der Text des Liedes war gedruckt in dem Band *Deutsche Volkslieder mit ihren Originalweisen*, den Heine vom Herausgeber Andreas Kretschmer am 24. November 1838 zusammen mit einem Schreiben zugesandt erhielt (s. DHA III,2,1213).

[Titel] Angelehnt an Goethes Schäferspiel *Die Laune des Verliebten*.

42 XIV. Mimi

Entstehung: 1854.

Vgl. die Auseinandersetzung mit der ›neuen Musik‹ auch im Gedicht *Jung-Katerverein für Poesie-Musik*.

28 *Guido von Arezzo:* Der italienische Musiktheoretiker (um 992–1050) hat u. a. die Notenschrift auf Linien im Terzenabstand erfunden.
40 *Selene:* Mondgöttin der griechischen Mythologie.
42 *Philomele:* Nachtigall.
48 *Aurora:* Göttin der Morgenröte.

43 XV. Guter Rat

Entstehung: 1853/54.

45 XVI. Erinnerung an Hammonia

Entstehung: ca. 1852–54.

Ausgangspunkt des Gedichts ist der öffentliche Umzug der Hamburger Waisenkinder im Rahmen des jährlich stattfindenden Volksfestes »Waisengrün«. Der ursprüngliche Titel des Gedichts lautete in der Handschrift denn auch: »Waisengrün. (Geschr. zu Hamburg 1817.)«. Heine erwähnt diesen Umzug bereits gegen Ende der *Harzreise*.

[Titel] *Hammonia:* Schutzgöttin der Stadt Hamburg; im *Wintermärchen* spielt sie eine Hauptrolle.
16 *Schmuhlchen:* Ableitung aus Samuel, deutet auf einen Juden hin.
19 *Zwerchsack:* der typische Quersack des jüdischen Trödlers.
26 *Litzenbrüder:* Packer im Hamburger Hafen.
27 *Küper:* niederdt. für: Böttcher oder Färber.

47 XVII. Schnapphahn und Schnapphenne

Entstehung: 1853/54.

[Titel] Das Wort »Schnapphahn« im Sinne von Räuber geht auf die Abbildung auf einer gleichnamigen niederländischen Münze des 17. Jh.s zurück; »Schnapphenne« ist eine Heinesche Neubildung.

11 f. *Ich . . . gestorben:* vgl. das Gedicht *Weltlauf* aus dem *Lazarus*-Zyklus des *Romanzero*.

47 XVIII. Jung-Katerverein für Poesie-Musik

Entstehung: 1854.

Durch einen Brief Heines an den Musikverleger Michael Schloß vom 10. Juni 1854 ist bekannt, daß mit diesem Gedicht u. a. auf Richard Wagners Musik und Opernkonzeption angespielt wird. Heine hatte Wagner in Paris zwischen 1839 und 1842 persönlich kennengelernt, die beiden hatten sich u. a. hinsichtlich des Stoffes zum *Fliegenden Holländer* ausgetauscht. Wagner hatte gelegentlich auch öffentlich Heines Bedeutung als Dichter herausgestellt, bevor er ihn 1850 in seiner Schrift *Das Judentum in der Musik* angriff. Es ist nicht sicher, ob Heine diese und andere spätere Äußerungen Wagners überhaupt zur Kenntnis genommen hat, oder ob er sich in seiner Kritik auf das bezieht, was ihm aus den persönlichen Gesprächen und früheren Publikationen in Erinnerung geblieben war.

[Titel] *Poesie-Musik:* verweist auf das besondere Verhältnis von Text und Musik in Wagners Idee der Oper.

41 *Charivari:* frz. Durcheinander.

42 *Kuhschwanzhopsaschleifer:* Kuhschwanz: in der Studentensprache eine öffentliche Tanzveranstaltung; Schleifer: ein Tanz.

45 *Tauhu-Wauhu:* von hebr. *tauhu wahauhu* ›das Tohuwabohu‹, der Urzustand der Schöpfung (vgl. 1. Mose 1,2).

55 *Sontag:* Die Sängerin Henriette S. (1806–54) erlebte 1849 ein glanzvolles Comeback und hatte keineswegs, wie Heine hier nahelegt, ihre Stimme verloren.

58 *Tedeum:* (lat.) Dich, Gott [loben wir]; Beginn einer Hymne der katholischen Kirche.

63 *Ungarns größter Pianist:* Franz Liszt. Bereits im Gedicht *Im Oktober 1849* mokiert sich Heine über den Komponisten Franz Liszt (1811–86), der anläßlich der ungarischen Revolution zwar sein Herkunftsland wieder entdeckte, dann aber nur wenig Engagement zeigte.

64 *Charenton:* Irrenanstalt in der gleichnamigen Vorstadt von Paris.

66 *Sabbat:* im Sinne von: Hexensabbat.

50 XIX. Hans ohne Land

Entstehung: ca. 1849/50.

Verspottet wird in diesem Gedicht der Erzherzog Johann von Österreich (1782–1859), der am 29. Juni 1848 als Reichsverweser an die Spitze der von der deutschen Nationalversammlung eingerichteten provisorischen Zentralregierung gewählt wurde. Er hatte jedoch nicht die Kraft, die auseinanderstrebenden Interessen der Einzelstaaten zusammenzuführen und legte nach dem Scheitern der Revolution sein Amt im Dezember 1849 nieder. Heine sieht in ihm einen typischen Protagonisten der deutschen Revolution von 1848, aus der sich nicht sozialer Fortschritt, sondern vielmehr Nationalismus und kleinkariertes Besitzstanddenken entwickelte. Wie aus der Handschrift hervorgeht, hatte Heine zeitweilig vor, dieses Gedicht in einen kleinen Gedichtzyklus mit dem Obertitel »Drei Kaiser« einzubauen. Es sollte dort »Hansel I.« heißen und zusammenstehen mit »Jürgen I.« (heute: *Simplizissimus I.*) und *Kobes I.*

[Titel] *ohne Land:* Beiname des englischen Königs Johann, der von 1199–1216 regierte und mit der »Magna Charta« Einschränkungen seiner absoluten Macht hinnehmen mußte.

1 *mein Weib:* Der Erzherzog war mit Anna Plochl, der Tochter eines Postmeisters, verheiratet.

24 *Mutter der Gracchen:* Cornelia, die stolze Mutter der beiden Volkstribunen Tiberius und Gajus Sempronius Gracchus (2. Jh. v. Chr.).

38 *Lausangel:* Lausejunge, Lausebengel.

47 *Diadem:* Hier und im folgenden gibt Heine eine Beschreibung der Insignien der deutschen Kaiser, die damals in Wien aufbewahrt wurden.

49 *Pluvial:* Mantel des früheren Krönungs-Ornates.

53 *Dalmatika:* Unterkleid aus violetter Seide.

53 XX. Erinnerung aus Krähwinkels Schreckenstagen

Entstehung: 1852.

Die in der ersten Strophe gebrauchten Begriffe »Senat« und »Bürgerschaft« machen einen Bezug dieses Gedichts auf das Hamburg der nachrevolutionären Zeit wahrscheinlich. Dort drohte, wie vielerorts in Deutschland, die durch die Revolution ausgelöste Bemühung um eine Verfassung zu ersticken in kleinlichem Parteienstreit und -gezänk.

[Titel] *Krähwinkels:* Krähwinkel: fiktiver Ort, Inbegriff der Kleinstadt.

26 *füsiliert:* (frz.) erschossen.

54 XXI. Die Audienz

Entstehung: 1854.

Zum Hintergrund dieses Gedichts vgl. die Gedichte *Georg Herwegh* sowie *Herwegh, du eiserne Lerche* aus den *Neuen Gedichten* bzw. deren Umkreis. Bereits dort bezieht Heine wie in *Die Audienz* Stellung zu einem Ereignis, das 1842 in Deutschland große Beachtung fand. Georg Herwegh (1817–75), der Verfasser der im Mai 1841 im Schweizer Exil erschienenen *Gedichte eines Lebendigen*, war im Herbst 1842 auf einer Reise durch Deutschland von der national-liberalen Opposition begeistert gefeiert worden. Schließlich wurde er im November auch von Friedrich Wilhelm IV. empfangen, wegen der Veröffentlichung eines Briefes an den König dann jedoch im Dezember aus Preußen ausgewiesen und von der Polizei bis an die Grenze gebracht (s. V. 61 f.). Zwischen 1843 und 1848 lebte Herwegh – wie Heine – im Pariser Exil; bereits Ende 1841 hatten beide Dichter sich persönlich kennengelernt. Das Gedicht ersetzt auf Heines Wunsch hin das sehr viel schärfere *Simplizissimus I.*, das er ganz vom Druck zurückzog (s. S. 70). Strodtmann gibt in seiner Ausgabe der *Sämmtlichen Werke* nach einer heute verschollenen Handschrift folgende Variante der Verse 1–8 wieder:

Ich will kein König Pharo sein,
Kein Kinderersäufenlasser;
Ich liebe die Menschen, ich liebe den Wein,
Ich hasse nur das Wasser.
Laß zu mir kommen die Kindlein, ich will
Mich an der Einfalt laben;
Vor allen laß kommen das große Kind,
Den Einfaltspinsel aus Schwaben.

1 *Pharao:* Im Alten Testament (2. Mose 1,22) wird berichtet, wie der Pharao aus Angst vor einem prophezeiten Königsmörder alle männlichen Neugeborenen ins Wasser werfen läßt.

3 *Herodestyrann:* Im Neuen Testament (Mt. 2,16–18) wird erzählt, daß Herodes die männlichen Neugeborenen in Bethlehem ermorden ließ, um damit zugleich den prophezeiten Messias zu töten.

7 *Laß zu mir kommen die Kindlein:* vgl. Mk. 10,14: »Laßt die Kindlein zu mir kommen!«

8 *Kind aus Schwaben:* Herwegh war Schwabe.

17 *sieben Schwaben:* Anspielung auf das Grimmsche Märchen *Die sieben Schwaben.*

29 *Menzel:* Wolfgang M. (1798–1873), von Heine vielfach scharf angegriffener schwäbischer Literaturkritiker und ›Denunziant‹.

41–44 *Tagtäglich ... geblieben:* Zitat nach dem von Karl Simrock herausgegebenen *Puppenspiel von Doktor Faust:* »Sauerkraut und Rüben, / Die haben mich vertrieben: / Hätt meine Mutter Fleisch gekocht, / So wär ich bei ihr geblieben.« Ganz ähnlich lautet auch der Beginn des Gedichts *Mißheirat* aus *Des Knaben Wunderhorn.*

46–52 *Da kniete ... Menschenrechte:* Anspielung auf die berühmte Szene aus Schillers *Don Carlos* (III,10), in der Marquis Posa von König Philipp II. »Gedankenfreiheit« fordert; so auch schon im Gedicht *Georg Herwegh* aus den *Zeitgedichten* der *Neuen Gedichte.*

59 *Somnambülericht:* Neubildung in Anlehnung an *Somnambuler* ›Schlafwandler‹. Der wirkliche Grund von Herweghs Ausweisung, der offene Brief an den König, wird hier nicht erwähnt.

56 XXII. Kobes I.

Entstehung: 1849/50.

Das Gedicht zielt auf den Kölner Schriftsteller und Politiker Jakob Venedey (1805–71), der als Liberaler nach Frankreich flüchtete, dort für eine deutsche Republik arbeitete, nach der Revolution 1848 nach Deutschland zurückkehrte und im Frankfurter Parlament einen bedeutenden Platz einnahm, mit seinen idealistischen Forderungen nach einem demokratisch-republikanischen Deutschland allerdings Schiffbruch erlitt. Heine lernte ihn 1834 kennen, verkehrte freundschaftlich mit ihm, obwohl Venedey zur Partei Börnes und damit eher zu den Gegnern Heines gehörte. Später kühlte das Verhältnis ab, ohne feindlich zu werden. Erst als Venedey im Zuge der deutschen Revolution plötzlich eine Rolle spielte, die Heine für völlig unangemessen hielt, griff er ihn satirisch an, wobei die Burleske zugleich den Ungeist der Revolution insgesamt treffen sollte, in der eine Figur wie Venedey zu den Führern zählen konnte. Insbesondere greift Heine die für ihn abwegige politische Forderung nach einem Kaiser an der Spitze des revolutionären Deutschland auf. Venedey erwiderte am 30. November 1854 mit sieben kurzen Gedichten in der *Kölnischen Zeitung*, obwohl erst so der Bezug des Heine-Gedichts für die Öffentlichkeit überhaupt verständlich wurde. Heine seinerseits bereitete mit dem *Offenen Sendschreiben an Jakob Venedey* eine erneute Replik vor, verzichtete aber schließlich auf die Publikation. Das Gedicht war zeitweilig als Teil eines Zyklus mit dem Titel »Drei Kaiser« vorgesehen (s. Kommentar zu *Hans ohne Land*).

[Titel] *Kobes:* rheinische Form von: Jakob.

5 *Römer:* Rathaus in Frankfurt a. M., wo traditionell die deutschen Kaiser gekrönt wurden.

6 *weiße Dame:* Weit verbreitete Vorstellung von einem Schloßgespenst; ihr Erscheinen war Vorbote wichtiger Ereignisse.

16 *Gerülle:* Gerümpel.

22 *goldne Bulle:* Reichsgrundgesetz von 1356, das u. a. die Modalitäten der Kaiserwahl regelte.

55 f. *Betracht ... Kaiser:* Selbstzitat Heines aus *Deutschland. Ein Wintermärchen* (Cap. XVI, V. 95 f.).

64 *Schöpse:* Hammel.

70 *Fabel:* Ihr zufolge waren die Frösche mit dem Holzklotz, den Jupiter ihnen als Herrscher geschenkt hatte, nicht zufrieden; darauf wurde der Klotz durch eine Schlange ersetzt, die alle Frösche auffraß.

78 f. *Heloten / Der Werkstatt:* Helot: in Sparta ein Mitglied der untersten Klasse, ein Sklave; hier im übertragenen Sinne auf die Proletarier und Handwerker bezogen, mit denen Venedey in Paris u. a. im Geheimbund »Bund der Geächteten« zusammenarbeitete, aus dem sich später der »Bund der Kommunisten« entwickelte.

80 *Knoten:* Studentensprachlich für: Handwerksburschen.

85 f. *Sie ... Universitäten:* Selbstverständlich hatte Venedey Gymnasium und Universität absolviert; Heine überzeichnet hier ähnlich wie schon in seinen Maßmann-Porträts.

118 *Funken:* traditionelle Kölnische Stadtgarde, von den Franzosen abgeschafft und seitdem nur noch im Karneval zu sehen.

128 *Cölner Doms Vollendung:* Venedey war Sekretär der Pariser

Filiale des Dombauvereins und hatte 1842 Heine überredet, sich zum Vizepräsidenten wählen zu lassen. Heine besaß ein Exemplar seiner Schrift *Der Dom zu Köln* (1842).

145 *Drickes:* Ebenso wie die V. 147 genannte »Marizebill« Figur des Kölner Karnevals (vgl. auch das Gedicht *Schelm von Bergen*, V. 15); hochdeutsch lauten die Namen ›Heinrich‹ und ›Marie Sibylle‹.

155 *die heilgen drei Kön'ge aus Morgenland:* Ihre Gebeine kamen 1164 nach Köln und bildeten den wichtigsten Reliquienschatz der Stadt. Heine hat sich ausführlich in *Deutschland. Ein Wintermärchen* mit ihnen beschäftigt.

63 XXIII. Epilog

Entstehung: 1849–54.

16 f. *Thetis großes Kind – / Der Pelide:* Achilles, Sohn der Thetis und des Peleus.

20 *am stygischen Gewässer:* Der Styx ist in der griechischen Mythologie der Grenzfluß zur Unterwelt.

Aus dem Umkreis der *Gedichte. 1853 und 1854*

67 Lied der Marketenderin

Entstehung: 1838–46.

Erstdruck/Druckvorlage: Deutscher Musenalmanach. Hrsg. von Christian Schad. 4. Jg. 1854. S. 9.

Die drei ersten Strophen dieses Gedichts gehörten bereits zum Manuskript, das Heine 1838 als »Nachtrag zum Buch der Lieder« zum Druck geben wollte. Es wurde gegen Mitte der 40er Jahre erweitert und schließlich auf Anfrage zusammen mit *Das Hohelied* dem Herausgeber Schad für seinen *Musenalmanach* zur Verfügung gestellt. Dieser wurde im übrigen wegen Heines Gedichten unmittelbar nach Erscheinen verboten.

28 *Kreide:* als Mittel, die Schulden anzuschreiben.

29 *Der grüne Kranz:* im Süden Zeichen einer Weinschenke.

31 *Malvasier:* Süßer Wein aus dem Mittelmeerraum.

68 Das Hohelied

Entstehung: 1853.

Erstdruck/Druckvorlage: Deutscher Musenalmanach. Hrsg. von Christian Schad. 4. Jg. 1854. S. 7 f.

70 Simplizissimus I.

Entstehung: 1853.

Druckvorlage: Niederschrift fremder Hand.

Mit Georg Herwegh hat Heine sich vielfach auseinandergesetzt, u. a. in *Die Audienz* (s. S. 54 und Kommentar). Dieses Gedicht wiederholt verschiedene der früher vorgebrachten Punkte. Sein eigentlicher Hintergrund ist jedoch der gescheiterte Versuch Herweghs, an der Spitze eines in Paris gebildeten deutschen Freikorps militärisch in die Revolution in Baden einzugreifen. Am 27. April 1848 wurde das Korps – bereits auf dem Rückzug in die Schweiz befindlich – von württembergischen Truppen geschlagen; Herwegh selbst konnte mit seiner Frau in die Schweiz fliehen. In Folge dieser auch innerhalb des radikalen deutschen Lagers sehr umstrittenen und zudem schlecht vorbereiteten Aktion wurde Herweghs Ruf sowohl als Mensch wie als politischer Kopf vollständig ruiniert. Es bildete sich das auch von Heine aufgegriffene Gerücht, er habe beim Anblick der württembergischen Truppen vor Angst in die Hosen gemacht. Heine selbst erschien das Gedicht schließlich zu hart. Er schrieb am 15. April 1854 an Campe, er habe »anstatt des herben Gedichtes über Herwegh ein spaßhafter neues Gedicht auf ihn geschrieben«. Dabei handelt es sich um *Die Audienz*.

Das Gedicht war zeitweilig als Teil eines Zyklus mit dem Titel »Drei Kaiser« vorgesehen (s. Kommentar zu *Hans ohne Land*).

[Titel] Wie der Titelheld des Grimmelshausenschen Romans *Der abenteuerliche Simplicissimus Teutsch* zieht auch Herwegh als naiver Tor in den Krieg.

4 *durch die Gunst der Frauen:* Wie aus dem weiteren Verlauf des Gedichts deutlich wird, unterstellt Heine, daß die verhängnisvolle Veränderung in Herweghs Charakter wesentlich durch den Einfluß seiner Frau Emma Herwegh (1817–1904) verursacht war, die Tochter des wohlhabenden Seidenhändlers Siegmund (V. 37 f.), mit der er seit 1843 verheiratet war.

5 *sah zum erstenmal:* Im November 1841 trafen Heine und Herwegh erstmals zusammen.

22 *Lorgnette:* Stielbrille.

27 *Schwäbisch-Hall:* Ort ohne biographischen Bezug zu Herwegh; der Name taucht hier als Anspielung auf das Schwabentum Herweghs auf.

44 *Pückler-Muskau:* Fürst Hermann von P.-M. (1785–1871) verfaßte *Briefe eines Verstorbenen*, auf die sich Herwegh mit seinen *Gedichten eines Lebendigen* direkt bezog.

46 *Manchaner:* Anspielung auf den Titelhelden von Cervantes' *Don Quichotte de la Mancha.*

47 *Absagebriefe:* Anspielung auf Herweghs offenen Brief an den preußischen König; vgl. Anm. zu *Die Audienz.*

50 *Gonfaloniere:* (ital.) Bannerträger.

58 *Liszt zu Pferde:* Zu Heines Spott über Liszt und sein Verhalten während der ungarischen Revolution vgl. das Gedicht *Im Oktober 1849* aus dem *Romanzero* sowie die Anmerkungen zu V. 63 von *Jung-Katerverein für Poesie-Musik* (s. S. 47).

83 *Wie . . . Tabaks:* vgl. das 66. der *Venezianischen Epigramme* von Goethe.

91 *Horazius Flaccus:* vgl. *Im Oktober 1849*, V. 16, aus dem *Romanzero.*

93 *Das . . . Los!:* vgl. Schillers *Wallensteins Tod* (IV,12); dasselbe Zitat auch in *Citronia*, V. 28.

73 Erlauschtes

Entstehung: 1852/53.

Druckvorlage: Niederschrift fremder Hand.

Im Brief vom 15. April 1854 an Campe erteilt Heine die Anweisung: »Auch soll das kleine Gedicht ›Erlauschtes‹ wodurch ich mir zwey Hamburger reiche Juden aufsacke, ganz ausfallen . . .« Gegen welche Hamburger Juden das Gedicht gerichtet ist, läßt sich nicht mehr ermitteln.

9 *Schlemihl:* hier soviel wie: Betrogener; in dem Sinne wie der Titelheld von Chamissos Erzählung *Peter Schlemihl* trotz seines Glückssäckels ein Betrogener ist.

12 *Schofel:* Substantivierung des hebräischen Adjektivs für: schäbig, gering.

31 *komptant:* (frz.) in bar.

35 *Wantram:* Wandrahm: Name einer Straße in Hamburgs gutbürgerlichem Viertel.

40 *Taillerand:* Charles Maurice de T. (1754–1838) wurde zum Inbegriff des verschlagenen, prinzipienlosen Diplomaten, der stets der Macht folgt.

Lyrischer Nachlaß

Bimini

Entstehung: Ende 1852.

Druckvorlage: Handschrift.

Der Text sollte ursprünglich in einer französischen Fassung in der Zeitschrift *Revue des deux Mondes* erscheinen und war bereits als ein Werk mit dem Titel »Eldorado« am 1. Januar 1853 dem Publikum angekündigt, doch trat Heine von diesem Plan zurück und publizierte in der *Revue* 1853 statt dessen *Die Götter im Exil*, das, wie die Handschrift ausweist, in enger zeitlicher Beziehung zu *Bimini* entstand. Die DHA ordnet mit vor allem inhaltlichen Argumenten diesem französischen Publikationsplan auch den Entwurf einer Vorrede zu (s. S. 105).

Die Hauptanregung für das unvollendete Versepos ging von der Darstellung des amerikanischen Reiseschriftstellers Washington Irving in seinem Buch *Voyages and Discoveries of the Companions of Columbus* (London 1831) aus. Dort wird ausführlich über Juan Ponce de Leon, seine Expeditionen und Raubzüge in der Karibik und seine Suche nach dem Jungbrunnen auf der sagenhaften Insel Bimini berichtet. Heine geht mit den bei Irving referierten historischen Details relativ frei um.

[Titel] *Bimini:* Inselgruppe innerhalb der Gesamtgruppe der Bahamas.

77 Prolog

1 *blaue Blume:* Symbol der Romantik.

31 *Berthold Schwarzes:* B. Schwarz soll im 14. Jh. das Pulver erfunden haben.

32 f. *noch ... Teufelbanners:* gemeint ist die Erfindung des Buchdrucks durch Johannes Gutenberg.

37 *Byzanz / Ägypten:* Byzanz steht für die griechische Tradition,

und ihr ist das »Buch der Schönheit« (V. 39) zu verdanken, mit dem vielleicht Homer gemeint ist; Ägypten steht für die jüdische Tradition, und mit dem »Buch der Wahrheit« (V. 40) dürfte die Bibel gemeint sein.

45 *Zitternadel:* Kompaßnadel.

63 *eines dummen Ungars:* Anspielung auf Heines Arzt David Gruby (1810–98), einen gebürtigen Ungarn. Obwohl seine Genesungshoffnungen durch Gruby enttäuscht wurden und der Prominenten-Arzt insgesamt sehr umstritten war, blieb Heine bis zu seinem Tod bei ihm in Behandlung.

64 *Banat:* Grenzgebiet zwischen Ungarn, Rumänien und Jugoslawien; äußerste Grenze des Habsburgischen Reiches.

80 I

2 *Bilbao:* Der Konquistador hieß korrekt: Balboa (s. u. zu V. 294).

71 *Kyffhäuser:* In diesem Berg wartete der Sage nach Kaiser Barbarossa auf seine Wiederkunft; Heine beschreibt seinen Besuch im Kyffhäuser im *Wintermärchen* (Cap. XIV–XVI).

72 *St. Paul:* Die Frankfurter Paulskirche war 1848/49 Sitz der deutschen Nationalversammlung.

83 II

12 *Bandelier:* Schulterriemen zur Befestigung des Schwertes.

36 *Alkadentochter:* Der Alcalde war im alten Spanien der Bürgermeister.

71 f. *zweite⟨n⟩ / Großen Weltentdeckungsreise:* Die zweite Reise des Kolumbus fand in den Jahren 1493–96 statt.

74 *andern großen Christoph:* Anspielung auf die Legende vom starken Riesen Christopherus, der aber fast zu schwach war, das Jesuskind durch einen Fluß zu tragen.

83 *Ojeda:* Alonso de O. (um 1470–1515), Begleiter des Kolumbus auf seiner zweiten Fahrt.

110 *Bilbao:* Vasco Nuñez de Balboa (um 1475–1517); er eroberte die pazifische Küste Mittelamerikas für Spanien und wurde später wegen Verrats hingerichtet.

132 *Cortez:* Hernan do C. (1485–1547), Eroberer Mexikos.

144 *entdeckt die Insel Cuba:* Kuba wurde bereits von Kolumbus entdeckt; Ponce de Leon herrschte in Wahrheit auf Puerto Rico.

146 *Juanna von Castilien:* Tochter des Fernando von Arragon.
147 *Fernand von Arragon:* Fernando de Aragón (1452–1516); Begründer des spanischen Weltreichs; mit Isabella von Kastilien verheiratet, Vater der Juana.
186 *Caracho:* spanischer Fluch.

92 III

4 *Hamak:* (span.) Hängematte.
24 *Pirogen:* Piroge: Einbaum.
25 *Brididi:* Künstlername einer Pariser Tänzerin; von Heine auf einen Fisch übertragen.

95 IV

17 *Beguine:* Begine; Angehörige einer klosterähnlichen Gemeinschaft.
24 *Palankin:* (port.) Tragsänfte.
26 *Hidalgo:* spanischer Adliger.
42 *Karbunkel:* rötliches Geschwür.
76 *Menschheitsretter:* so apostrophiert Heine im *Wintermärchen* (Cap. XIV, V. 20) Christus.
91 f. *Castillien / Arragonien und Leon:* die drei selbständigen spanischen Königreiche, die unter Fernand und Isabella mehr und unter Karl V. dann ganz zusammenwuchsen.
93 *Lauberhütte:* eine zum jüdischen Erntefest geschmückte Hütte.
132 *Hebe:* griechische Göttin der Jugend.
133 *Brüßler Kanten:* Brüssel war berühmt für seine Stickereien.
137 *anthropophagisch:* menschenfresserisch.
138 *Pompadour:* Marquise von P. (1721–64), berühmte Mätresse Ludwigs XV.
162 *Atlasjacke:* Atlas: glänzender Stoff.

101 V

2 *Faselante:* witzige Wortbildung für: Faselhans.
16 *Donna Venus Aphrodite:* Mischung aus drei Sprachen: Spanisch, Latein, Griechisch.
33 *Lethe:* Fluß in der Unterwelt, dessen Wasser Vergessen bringt.
42 *Lopez Vacca:* keine historische Person, sondern Heines Erfindung.

Vorredenentwurf zu einer französischen Fassung von Bimini

Seit je wurde dieser Text von den Herausgebern als Vorrede eingestuft, ohne daß man allerdings sagen konnte, zu welchem Text sie gehören könnte. Der Vorschlag der DHA, sie *Bimini* zuzuordnen, geht davon aus, daß einerseits der Text deutlich in die späte Zeit der Krankheit gehört: die »Rückenmarksschwindsucht«, das Atheismusproblem, die Meyerbeer-Kritik sind dafür sichere Indizien. Andererseits ist von allen Texten aus dieser Zeit *Bimini* der einzige, der von seinem Umfang her die Existenz einer Vorrede rechtfertigen würde. Trotzdem bleibt die Zuweisung bis zu einem gewissen Grade unsicher.

105,12 f. *Soirées de St. Petersbourg:* ein Werk des reaktionären Diplomaten und Schriftstellers Joseph de Maistre (1753 – 1821), der mehrere Jahre am russischen Hof in St. Petersburg verbrachte.

105,17 *Bouraucratie:* Wortspiel mit »Bürokratie« und frz. *bourreau* ›Henker‹.

105,26 *Mucker:* Bezeichnung für einen Frömmler; ursprünglich war es der Name einer mystisch-theosophischen Gesellschaft zu Anfang des 19. Jh.s.

106,8 *Sionsmutter:* Elias Eller (1690–1750) aus Elberfeld begründete die Sekte der Zioniten und erwartete in seinem Sohn den wiedergeborenen Erlöser. Das Kind starb bereits ein Jahr nach der Geburt 1734. Nach dem Tod seiner Frau Anna, der »Zionsmutter«, erklärte Eller sich selbst zur Reinkarnation Gottes.

106,24 *Poliandrie:* Vielmännerei.

106,36 *Kontagion:* Ansteckung.

107,27 *Das Gold ist eine Chimäre:* Zitat aus dem Libretto Scribes zur Oper *Robert le Diable* von Giacomo Meyerbeer.

Zeitgedichte

Mehrere der hier versammelten Gedichte enthalten scharfe Angriffe auf Giacomo Meyerbeer, dem Heine sehr übel nahm, daß er sich nicht deutlich genug im Streit mit Carl Heine um den Anteil an Onkel Salomons Erbe für ihn eingesetzt hatte. Meyerbeer versuchte nach Heines Tod vergeblich, diese Texte aus dem Nachlaß herauszukaufen.

108 Antwort

Entstehung: ca. 1848.

Druckvorlage: Niederschrift fremder Hand.

6 *Sbirren:* von ital. *sbirro* ›Polizist‹.

108 Vermittlung

Entstehung: ca. 1848.

Druckvorlage: Niederschrift fremder Hand.

109 Die Briten zeigten sich sehr rüde

Entstehung: 1849.

Druckvorlage: Handschrift.

Zum Hinrichtungsthema vgl. die Gedichte *Karl I.* und *Maria Antoinette* in den *Historien* des *Romanzero*.

2 *Regicide:* Königsmörder.
4 *Whitehall:* königlicher Palast in London.
9 *Ludwig Capet:* so wurde Ludwig XV. (aus der Dynastie der Capet) während der Revolution angeredet.
10 *Calèche de Remise:* (frz.) vornehmer Wagen.
14 *Charette:* (frz.) offener Karren.
15 *Chambelan und Dame d'Atour:* (frz.) Kammerherr und Hofdame.
18 *Unterlippe:* Die dicke Unterlippe ist ein Erbmerkmal der Familie der Habsburger.
26 *panaschiert:* gestreift.

110 Epilog

Entstehung: 1853.

Druckvorlage: Heine's sämmtliche Werke. Hrsg. von Adolf Strodtmann. Bd. XVIII. Hamburg 1863. S. 133.

Der Text sollte als Motto für den von Heine konzipierten Zyklus »Drei Kaiser« dienen (vgl. Erläuterungen zu *Kobes I.*). Der Untertitel weist ihn dann als Spottgedicht auf Meyerbeer aus, dessen Vorname Giacomo hier verballhornt wird.

110 Jammertal

Entstehung: 1854/55.

Druckvorlage: Niederschrift fremder Hand.

111 Streiche von der Stirn den Lorbeer

Entstehung: 1854.

Druckvorlage: Handschrift.

Hintergrund dieser scharfen Attacke gegen Meyerbeer ist vermutlich die Aufführung des Balletts *Satanella* von Paul Taglioni, in dem Heine ein Plagiat seines *Doktor Faust* sah.

112 Die Menge tut es

Entstehung: 1849.

Druckvorlage: Handschrift.

Zu Heines insgesamt zwiespältigem Verhältnis zu Berlin vgl. z. B. die *Briefe aus Berlin.*

17 *Eckensteher:* soviel wie: Tagelöhner; der »Eckensteher Nante« war eine Erfindung des Dramatikers Friedrich Beckmann (1803–66), die bald als Sprachrohr der Volksmeinung sehr populär in Berlin wurde.

20 *Wisotzki:* ein Berliner Gastwirt, dessen Lokal zugleich ein Puppentheater war.

21 *Kronprinz:* gemeint ist der seit 1840 auf dem preußischen Thron regierende Friedrich Wilhelm IV.

24 *faible:* (frz.) eine Schwäche.

30 *proniert:* von frz. *proner* ›rühmen, loben‹.

31 *Meyerbeer:* vgl. zu ihm *Ruhelechzend* aus den *Gedichten. 1853 und 1854* sowie weitere Gedichte aus dem Nachlaß wie *Festgedicht*, *Epilog*.

39 *en monnaie de singe:* französische Redensart, wörtlich: mit Affengeld; in der Bedeutung: Sich lustig machen über jemanden.

41 *arbeitet für den Roi de Prusse:* französische Redensart, wörtlich: Für den König von Preußen arbeiten; in der Bedeutung: Ohne Bezahlung arbeiten.

52 *Savigny:* Friedrich Karl von S. (1779–1861) war der Hauptvertreter der von Heine vielfach verspotteten historischen Rechtsschule, die mit ihrem Bezug auf das römische Recht hinter den Code Napoleon und seine Errungenschaften zurückfiel.

62 *Maßmann:* vgl. zu Heines »Lieblingskreatur« das Gedicht *Der Ex-Lebendige* bzw. das *Nachwort zum Romanzero* und den jeweiligen Kommentar.

88 *Teltower Rübchen:* genau wie die »sauren Gurken« bei Heine als Berliner kulinarische Genüsse häufiger erwähnt; Teltow ist eine Stadt im Südwesten von Berlin.

Fabeln

Am 12. August 1852 schrieb Heine an den Verleger Campe, er habe, »um meine Schmerzen zu beschwichtigen, eine Menge drolliger Thierfabeln versifizirt«, und wolle sie jetzt dem Sohn Campes zum Auswendiglernen schicken. Das Abrücken vom direkten Tagesgeschehen in den Tiergeschichten einerseits, die Verstärkung seines Ekels vor den Zeitläuften in der Sicht der Welt als Bestiarium andererseits, machten die Tierfabel für Heine zu einer attraktiven Form.

116 König Langohr I.

Entstehung: ca. 1853.
Druckvorlage: Niederschrift fremder Hand.

Das Gedicht ist Ausdruck der Enttäuschung über die nachrevolutionären Verhältnisse in Europa, insbesondere in Deutschland.

20 *malkontenten:* (frz.) unzufriedenen.

38 *August und Mäcen:* gemeint sind der römische Kaiser Augustus sowie sein Berater und Förderer der Künste, Maecenas.

47 *Lehmann vom Dreckwall:* Der Maler Henri Lehmann (1814–1882) war ein Kieler Jude, der seinerzeit mit großem Erfolg als Maler in Paris arbeitete, zum Christentum übertrat und die französische Staatsbürgerschaft annahm. Heine war mit ihm bekannt. Der Dreckwall war eine vorwiegend von Juden bewohnte Straße in Hamburg.

53 *Meyer-Bär:* vgl. das vorhergehende Gedicht, V. 31.

70 *Bayard der Heymonskinder:* Bayard ist der Name des Pferdes von Roland, dem Ritter Karls des Großen; die französische Geschichte der Heymonskinder war in Deutschland als Volksbuch verbreitet.

73 *Gottfrieds von Bouillon:* Unter der Führung Gottfrieds von Bouillon eroberte das Kreuzfahrerheer auf dem ersten Kreuzzug im Jahre 1099 Jerusalem.

84 *Clio:* die Muse der Geschichtsschreibung.
In der Handschrift sind V. 91–140 in einer verkürzten Fassung überliefert:

Ihr Esel aber Ihr sollt Euch freun
Des großen Königs Diener zu sein
Seid würdig meiner hohen Huld.
Tragt Eure Säcke mit Geduld.
Gehorcht der hohen Obrigkeit.
Zahlt Eure Steuren zur rechten Zeit,
Und tut wie Eure Väter getan,
Ihr stilles Gemüt hat nie der Wahn
Der Dämon der Freiheit und Gleichheit besessen
Sie haben stets gemütlich gefressen
An der Gewohnheit frommen Krippe
Bescheidenes Heu oder Strohgestrippe –
Die Zeit hat sich verändert, jedoch
Die alten Eichen wachsen noch
Woraus man die schönsten Galgen zimmert,
Und gute Stöcke. Deshalb bekümmert
Euch niemals ob meinem Schalten und Walten,
Ich rat Euch ganz das Maul zu halten
Da Ihr meine großen Gedanken nicht kennt.

120 Die Wanderratten

Entstehung: 1852–54.

Druckvorlage: Handschrift.

1–4 *Es . . . aus:* Anspielung auf die Fabel von Stadtmaus und Feldmaus; gleichzeitig steht im Hintergrund die durch Not und Hunger erzwungene massenhafte Auswanderung deutscher Handwerker und Bauern in den 30er und 40er Jahren des 19. Jh.s.

15 *die Köpfe geschoren egal:* Die Armen trugen die Haare kurz.

17–28 *Die radikale . . . die Welt:* Diese Verse fassen Heines Vorstellung vom Kommunismus kritisch zusammen.

39 *Palladium:* in der Antike Statue der Göttin Pallas Athene; hier Bezeichnung für die heiligsten Werte.

43 *Hundertpfünder:* Das Kaliber wurde nach dem Gewicht der Geschosse gemessen.

47 f. *Syllogismen/Sophismen:* hier beidesmal für: Scheinargumente.

55 *Mirabeau:* Honoré Gabriel de Riqueti, Graf von Mirabeau

(1749 – 91), berühmter Redner unter den Führern der Französischen Revolution.

122 Pferd und Esel

Entstehung: 1852–55.

Druckvorlage: Niederschrift fremder Hand.

Äsops Fabel mit dem Titel *Der Esel und das Pferd* hat nur sehr mittelbar mit diesem Gedicht zu tun.

125 Aus der Zopfzeit

Entstehung: 1852–55.

Druckvorlage: Niederschrift fremder Hand.

Das Gedicht nimmt Bezug auf die verschiedenen Versuche der Kurfürsten von Kurhessen, die liberale Landesverfassung abzuschaffen.

8 *Zopf:* Der bis 1821 regierende Kurfürst Wilhelm I. hatte den Zopf als Haartracht des Militärs wieder eingeführt; er steht hier für reaktionäre Gesinnung.

15 *Chatten:* Der germanische Volksstamm der Chatten lebte im Gebiet des heutigen Hessen.

127 Die Wahl-Esel

Entstehung: 1852–55.

Druckvorlage: Niederschrift fremder Hand.

Hintergrund des Gedichts sind die Verhältnisse im Parlament der Frankfurter Paulskirche.

32 *Psalter:* mittelalterliches Saiteninstrument.

60 *Mamme:* jüdisches Kinderwort für ›Mutterbrust‹ oder einfach ›Mutter‹.

130 Duelle

Entstehung: 1854/55.

Druckvorlage: Handschrift.

Das Duell wird in diesem Text ins Lächerliche gezogen; Heine selbst hat allerdings eine Reihe von Duellen ausgefochten, das letzte noch 1841 in Paris auf Pistolen gegen Salomon Strauß, der sich durch ihn beleidigt fühlte.

7 *Tusch:* analoge Substantivierung zu frz. *toucher* ›berühren‹, was in der Sprache der Ehre soviel heißt wie: beleidigen.
8 *John Bulle:* Spiel mit ›John Bull‹, dem Spottnamen für den Engländer.
24 *dummen Jungen:* Dummer Junge: in Studentenkreisen damals die gängige Beleidigung, um ein Duell herbeizuführen.

131 Der tugendhafte Hund

Entstehung: 1854/55.

Druckvorlage: Niederschrift fremder Hand.

Quelle dieses Gedichts ist vermutlich La Fontaines Fabel *Der Hund, der das Essen seines Herren um den Hals trug.*

2 *Brutus:* Der Name steht – mit ironischem Anklang – bei Heine häufig für (moralische) Rigoristen (s. z. B. in *Die Menge tut es*).
45 *Auch du, mein Brutus:* Cäsar soll beim Anblick des Brutus unter seinen Mördern gerufen haben: »Auch Du, Brutus, mein Sohn?«

132 Fabel

Entstehung: 1855.

Druckvorlage: Handschrift.

Heine hat dieses Gedicht für sein Patenkind, den Sohn des Verlegers Campe, verfaßt und mit einem Brief am 23. August 1855 an Campe geschickt. In diesem Brief gibt er auch einen Hinweis auf den Entstehungshintergrund des Gedichts: In Wien war der Journalist Moritz Gottlieb Saphir mit der Behauptung an die Öffentlichkeit getreten, Heine habe den Komponisten Joseph Dessauer (1798–1876) aus einem bestimmten Grund in der *Lutetia* angegriffen. Dessauer erwiderte darauf, der Grund sei gewesen, daß er Heine einmal ein Darlehen verweigert habe. Heine seinerseits bestritt nun dieses öffentlich und gab vielmehr als Grund an, Dessauer habe das Gerücht gestreut, er (Dessauer) habe eine intime Beziehung zu George Sand unterhalten. Dieses konterte Dessauer mit einer Ehrenerklärung der Sand.

Die Verse 21–26, die ›Moral‹ der Fabel, sind in der Handschrift in zwei alternativen Versionen, die beide ungestrichen sind, überliefert:

(I)

Und die Moral? der Fabulist
Er wird sie Euch ein andermal sagen,
Denn mächtig verbündet in unseren Tagen
Das reiche Ungeziefer ist.
Zumal die musikalischen Wanzen,
Die Komponisten von Romanzen
Opern und Liedern, welche nicht gehen
Wie Schlesingers Uhr, o diese verstehen
Sich überall; der Pfänderleiher,
Und Kapital-Musikant zu Wien
Versteht den klugen Lorbeer-Meyer,
Den großen Meister in Berlin.
Das lügt u kriecht u katzebuckelt –
Artikelchen werden eingeschmuckelt
In kleine Klatschblättchen von andern infekten
Ganz miserablen Mitinsekten –
Was willst du tun, du armer Poete?
Und wenn ich das Geschmeiße zertrete,
Verstänkert es mir die Luft, die süße,
Und schmutzig würden meine Füße.
Das beste ist schweigen – ein andermal
Erkläre ich Euch der Fabel Moral.

(II)

Das Ungeziefer jedes Lands
Es bildet eine heilge Allianz.
Zumal die musikalischen Wanzen
Die Komponisten von schlechten Romanzen
(Welche, wie Schlesingers Uhr nicht gehn)
Allüberall im Bündnis stehn.
Da ist der Mozart der Krätze in Wien
Die Perle ästhetischer Pfänderleiher
Der intrigiert mit dem Lorbeermeyer,
Dem großen Maestro in Berlin –
Da werden Artikelchen ausgeheckt
Die eine Blattlaus, ein Mitinsekt
Für bares Geld in die deutsche Presse schmuckelt –
Das lügt und kriecht und katzebuckelt –
Und hat dabei die Melancholik –

Das Publikum glaubt oft der Lüge
Aus Mitleid; es sind so leiden⟨d⟩ die Züge
Der Heuchler und ihr Dulderblick –
Was willst du tun in solchen Nöten
Du mußt die Verleumdung ruhig ertragen,
Du darfst nicht reden, du darfst nicht klagen
Willst du das schnöde Geschmeiß zertreten
Verpestet es dir die Luft mit Gestank,
Beschmutzt dir den Stiefel, der so blank –

1 *Wanzerich:* Der Vergleich Dessauers mit einer Wanze findet sich mehrfach bei Heine.

26 *Dessauer Marsch:* Marsch, benannt nach dem preußischen Feldherrn Leopold I. von Anhalt-Dessau.

Zum *Lazarus*

Innerhalb dieser umfangreichsten Gruppe von Nachlaßgedichten sind die folgenden 17 von Heine auf dem Manuskript mit einem Vermerk der *Lazarus*-Gruppe zugewiesen, die sich ja bereits durch die beiden Bände *Romanzero* und *Gedichte. 1853 und 1854* zieht.

134 Nicht gedacht soll seiner werden

Entstehung: 1848–50.

Druckvorlage: Handschrift.

1 *»Nicht ... werden«:* Dieser refrainartig wiederholte Vers ist einer jiddischen Verwünschungsformel nachgebildet.

3 *Esther Wolf:* Einer Mendel Baruch Wolf ist Heine in Düsseldorf begegnet, wo sie zeitweilig die Judenschule betrieb.

135 Erstorben ist in meiner Brust

Entstehung: 1850.

Druckvorlage: Handschrift.

Der Text ist in einer sauberen Handschrift mit wenigen Korrekturen überliefert. Ein späterer Bearbeitungsversuch blieb stecken, Heine gab das Gedicht schließlich ganz auf und verwendete das Homer-Motiv für das Gedicht *Epilog* aus *Gedichte. 1853 und 1854.* Der spätere Bearbeitungsversuch trägt den Titel »Der Scheidende« und hat folgenden Text:

Der Vorhang fällt, das Stück ist aus,
Und gähnend wandelt jetzt nach Haus
Mein liebes deutsches Publikum.
Die guten Leutchen sind nicht dumm;
Das speist jetzt ganz vergnügt zu Nacht,
Und trinkt sein Schöppchen, singt und lacht –
Mir aber ist der Spaß verdorben,
Was sterblich war ist längst gestorben,
In mir

135 Ich habe verlacht, bei Tag und bei Nacht

Entstehung: 1852/53.

Druckvorlage: Handschrift.

136 Wer ein Herz hat und im Herzen

Entstehung: 1852–54.

Druckvorlage: Handschrift.

Das Gedicht ist – wie noch einige mehr aus dieser Phase – vor dem Hintergrund von Heines Auseinandersetzung mit der Familie seines Vetters Carl zu sehen, der die Fortzahlung einer Pension davon abhängig machte, daß Heine nichts über Salomon Heine und die Familie veröffentlichte.

136 Die Söhne des Glückes beneide ich nicht

Entstehung: 1853.

Druckvorlage: Handschrift.

8 *Hippe:* Sichel, Attribut des Todes.
16 *Zarewna Proserpine:* Proserpine, die Gattin des Unterweltsgottes Pluto, wird hier als Zarentochter angeredet.
35 *Miserere:* (lat.) Erbarme Dich; Bußpsalm der christlichen Liturgie.

137 Nachts, erfaßt vom wilden Geiste

Entstehung: 1854.

Druckvorlage: Handschrift.

Auch dieses Gedicht ist vor dem Hintergrund des Erbschaftsstreites mit dem Vetter Carl Heine, seinem »Blutsfreund« (V. 7) zu sehen.

13 *hürnen Recken:* Das ›Volksbuch vom gehörnten Siegfried‹ (nach dem *Lied vom Hürnen Seyfrid*) erzählt die Nibelungensage, derzufolge Siegfried nach dem Bad im Drachenblut einen Horn-Panzer auf der Haut trug, der nur an einer Stelle nicht geschlossen war.

138 Wenn sich die Blutegel vollgesogen

Entstehung: 1854.

Druckvorlage: Handschrift.

Vermutlich spricht Heine hier seinen Verleger Julius Campe als »Freund« und »Blutsauger« zugleich an. Zwar hatten beide bei Campes Paris-Besuch im Juli 1851 nach dreijähriger Gesprächspause Frieden geschlossen, doch blieb die Beziehung bis zum Schluß spannungsreich.

139 Mir lodert und wogt im Hirn eine Flut

Entstehung: 1854.

Druckvorlage: Handschrift.

6 *Godesberg:* vgl. bereits die in Godesberg spielende rheinromantische Szene in *Ideen. Das Buch Le Grand* (Kap. XVI).
66 *Kataplasmen:* Umschläge aus heißem Brei.

141 Für eine Grille – keckes Wagen! –

Entstehung: ca. 1855.

Druckvorlage: Handschrift.

142 Mein Tag war heiter, glücklich meine Nacht

Entstehung: 1854.

Druckvorlage: Handschrift.

142 Ganz entsetzlich ungesund

Entstehung: 1854.

Druckvorlage: Niederschrift fremder Hand.

6 *Miasmen:* Miasma: Pesthauch, Gestank.
30 *Twieten:* Gassen.
35 *Klüngel:* rhein. für: Vetternwirtschaft.
Geruddel: jidd. für: üble Nachrede.

144 Die Liebe begann im Monat März

Entstehung: 1854.

Druckvorlage: Handschrift.

144 Ich seh im Stundenglase schon

Entstehung: 1854.

Druckvorlage: Niederschrift fremder Hand.

145 Den Strauß, den mir Mathilde band

Entstehung: 1854.

Druckvorlage: Handschrift.

14 *Ratten der Opera:* Ballettratten.

146 Ich war, o Lamm, als Hirt bestellt

Entstehung: 1854.

Druckvorlage: Handschrift.

Gerichtet ist dieses Gedicht an Heines Frau Mathilde.

147 Wie schön er ist, so qualvoll auch

Entstehung: 1854.

Druckvorlage: Handschrift.

11 *Lethestrand:* Lethe: Fluß der griechischen Unterwelt, dessen Wasser das Vergessen schenkt (V. 7 f.).

147 Guter Rat

Entstehung: 1855.

Druckvorlage: Handschrift.

Das Gedicht bezieht sich auf Jakob Venedey und seine Reaktion auf das Gedicht *Kobes I.* aus *Gedichte. 1853 und 1854* (s. S. 56).

148 Ein Sonett

Entstehung: 1848 – 50.

Druckvorlage: Niederschrift fremder Hand.

Hintergrund dieses Gedichts ist erneut der Erbschaftsstreit mit dem Vetter Carl Heine und dessen Familie (vgl. z. B. auch *Wer ein Herz hat und im Herzen*). Dieses und die folgenden 8 Gedichte zeigen eine Nähe zur *Lazarus*-Gruppe, wurden dieser aber nicht von Heine selbst zugeordnet.

4 *Magen und die Sippen:* altertüml. für: Verwandtschaft.

148 Orpheisch

Entstehung: 1848 – 50.

Druckvorlage: Niederschrift fremder Hand.

Angesprochen wird hier der Onkel Salomon Heine, auf dessen großzügiges Vermächtnis der Dichter – vergebens – gehofft hatte.

149 Celimene

Entstehung: 1849 – 52.

Druckvorlage: Handschrift.

Das Gedicht ist an Heines Frau Mathilde gerichtet, mit der er in insgesamt glücklicher, aber nicht spannungsfreier Beziehung lebte.

[Titel] Celimène heißt in Molières Komödie *Der Menschenfeind* die Dame, in die der alternde Misanthrop Alceste verliebt ist.

150 Stunden, Tage, Ewigkeiten

Entstehung: 1850er Jahre.

Druckvorlage: Heine's sämmtliche Werke. Supplementbd. Letzte Gedichte und Gedanken. Hrsg. von Adolf Strodtmann. Hamburg 1869. S. 174.

Zum Motiv dieses Gedichts vgl. *Zum Lazarus* 3 (s. S. 22).

150 Die Liebesgluten, die so lodernd flammten

Entstehung: 1854.

Druckvorlage: Handschrift.

150 Geleert hab ich nach Herzenswunsch

Entstehung: 1854.

Druckvorlage: Handschrift.

151 Es geht am End, es ist kein Zweifel

Entstehung: 1854.

Druckvorlage: Handschrift.

151 Mittelalterliche Rohheit

Entstehung: 1854/55.

Druckvorlage: Niederschrift fremder Hand.

Nach V. 8 verzeichnet die Niederschrift zwei gestrichene Strophen:

Die Veredlung wird gesteigert
Seit die Schreibkunst sich verbreitet,
Selten schimpfen wir uns mündlich
Und die Liebe greift zur Feder.
  Und man schreibt uns jetzt die Schwindsucht
In den Leib, ins Rückgrat-Mark
Und wir legen uns zu Bette
Und wir stehen nicht mehr auf.

9 f. *Darre ... Rückgratmarks:* Als »Rückenmarksdarre« (Darre: Austrocknung) bezeichnete Heine in der Regel seine Krankheit, die er selbst als Folge einer Syphilis begriff.

152 Es kommt der Tod – jetzt will ich sagen

Entstehung: 1854.

Druckvorlage: Handschrift.

Gedichte an die Mouche

Insgesamt fünf Gedichte hat Heine Elise Krinitz (1828–96) gewidmet. Die geheimnisumwitterte ›Mouche‹ (frz.: Fliege, nach dem Emblem ihres Siegels) hatte sich Mitte 1855 selbst beim todkranken Heine eingeführt. Zwischen beiden entwickelte sich eine intensive, eigenartige Beziehung. Krinitz hat ihre Erinnerung an den Dichter 1882 in einem Buch *Heinrich Heines letzte Tage* festgehalten.

153 Dich fesselt mein Gedankenbann

Entstehung: 1855/56.

Druckvorlage: Handschrift.

6 *Dominus:* (lat.) Herr.

8 *Muhme Schlange:* vgl. *Faust I* (»Prolog im Himmel«), wo Mephisto seine »Muhme [d. i. Tante], die berühmte Schlange« erwähnt; vgl. auch das Gedicht *Hortense. IV* aus den *Verschiedenen* der *Neuen Gedichte*.

154 Laß mich mit glühnden Zangen kneipen

Entstehung: 1855/56.

Druckvorlage: Niederschrift fremder Hand.

154 Wahrhaftig wir beide bilden

Entstehung: 1855/56.

Druckvorlage: Niederschrift fremder Hand.

155 Es träumte mir von einer Sommernacht

Entstehung: 1855.

Druckvorlage: Niederschrift fremder Hand.

5 *dorisch:* Der dorische ist der älteste Stil der griechischen Kunst.

12 *Satyr / Chimäre:* antike Fabelwesen, aus Menschen- und Tieranteilen zusammengesetzt.

21 *Karyatiden:* stützende Säulen in Gestalt von Frauenfiguren.

30 *Paris / Helena / Hektor:* Der Raub Helenas durch den Trojaner Paris entfachte den trojanischen Krieg, in dem Hektor, Paris' Bruder, ein wichtiger Kämpfer war.

31 *Aaron:* Bruder des Moses.

32 *Judith / Holofern / Haman:* Gestalten des Alten Testamentes.

36 *Priapus und Silenus:* Sie gehören zur Begleitung des Weingottes Bacchus.

37 *Esel Barlaams:* In 4. Mose 22–24 wird die Geschichte des Bileam erzählt, der auf einer Eselin reitend vom Engel des Herrn aufgehalten wird. Die Eselin erkennt den Engel zuerst und beginnt zu sprechen.

39 *Prüfung Abrahams:* Die Prüfung Abrahams bestand im Auftrag Gottes, seinen Sohn Isaak zu opfern, was Gott erst im letzten Moment verhinderte.

40 *Lot ... besoffen:* In 1. Mose 30–38 wird die Geschichte des Lot erzählt, den seine Töchter betrunken machen, um mit ihm zu schlafen.

51 f. *Hier . . . Rocken:* Herkules mußte drei Jahre Frauentracht tragen zur Strafe dafür, daß er im Zorn seinen Freund Iphitos erschlagen hatte.
53 Sinai: Auf dem Berg Sinai empfing Moses die Gesetzestafeln.
66 *eine Blume:* Bereits im 1. Buch der *Romantischen Schule* hat Heine die Passionsblume als Symbol für Romantik und Christentum benutzt. Dem Volksglauben zufolge sind in ihrer Blüte und den Staubgefäßen die Folterwerkzeuge Christi zu erkennen.
136 *Anathemen:* Flüchen.

160 Worte! Worte! keine Taten!

Entstehung: 1855.

Druckvorlage: Handschrift.

12 *steeple race:* Das Steeplechase ist ein Pferderennen mit Überspringen von Hindernissen.

Vermischte Gedichte

Diese Gruppe versammelt die restlichen, keiner der bislang gebildeten Gruppen zuzuordnenden Gedichte.

162 Für das Album von Elisabeth Friedländer

Entstehung: Eintrag vom 5. September 1844.

Druckvorlage: Handschrift.

[Titel] *Elisabeth Friedländer:* E. F. war die Tochter von Heines Kusine Amalie Heine, verheiratete Friedländer.
35–38 *Herr . . . Schlangenschwanz:* Anklang an die Sage von der schönen Melusine, wo der Held nach der Heirat mit einer Nixe und mit deren Hilfe Herr auf Schloß Lusignan wird, aber alles wieder verliert, als er die wahre Natur seiner Geliebten entdeckt.

163 Warnung

Entstehung: Zwischen 1845 und 1855.

Druckvorlage: Der lyrische Nachlaß von H. Heine. Hrsg. von Erich Loewenthal. Hamburg/Berlin 1925. S. 106.

163 Ewigkeit! wie bist du lang

Entstehung: unsicher.

Druckvorlage: Handschrift.

164 Der Helfer

Entstehung: 1849 – 51.

Druckvorlage: Niederschrift fremder Hand.

Zugrunde liegt eine Episode um das Grab des sagenhaften Königs Arthu(r)s, die August Thierry in seiner *Histoire de la conquète de l'Angleterre par les Normands, de ses causes et de ses suites jusqu'à nos jours, en Angleterre, en Ecosse, en Irlande et sur le continent* (3 Bde., Paris 1825) mitteilt und die den Glauben der Bretonen an eine Befreiung vom Joch der herrschenden Normannen durch Arthur zum Inhalt hat.

1 *Plantagenet:* Heinrich II., von 1154–89 König des angevinischen Reiches, das sich von Schottland bis an die Pyrenäen ausdehnte und neben England auch halb Frankreich umfaßte.

164 Rationalistische Exegese

Entstehung: 1850.

Druckvorlage: Heine's sämmtliche Werke. Hrsg. von Adolf Strodtmann. Bd. 18. Hamburg 1863. S. 138.

1 f. *Nicht . . . ernähret:* Nach 1. Kön. 17,4–6 beauftragte Gott die Raben, den Propheten Elias mit Speisen zu versorgen.

165 Unbequemer neuer Glauben!

Entstehung: 1850er Jahre.

Druckvorlage: Niederschrift fremder Hand.

165 Beine hat uns zwei gegeben

Entstehung: 1851–55.

Druckvorlage: Handschrift.

Das Gedicht bezieht sich ironisch auf die Hegelsche Naturphilosophie und die ihr zugrundeliegende Vorstellung von der Zweckmäßigkeit allen Weltgeschehens. Hegel hatte in der *Phänomenologie des Geistes* und in der *Enzyklopädie der Philosophischen Wissen-*

schaften im Grundriß u. a. auch die Mehrfachfunktionen der Körperteile als Beleg für seine Idee der Zweckmäßigkeit angeführt.

60 *Meyerbeer:* zu Meyerbeer vgl. u. a. Anm. zum Gedicht *Ruhelechzend.*

81 *skabrose:* skabrös, anstößig.

101–104 *Psyche ... Mankepiß:* Im Mythos darf Psyche den Gott Eros (Amor) nur lieben, solange sie sein Antlitz nicht sieht. Sie verletzt diese Bedingung und betrachtet ihn im Schein einer Lampe. Das »Mankepiß« ist die berühmte Brunnenfigur in Brüssel.

125 *Omnibus:* vielsitzige Lohnwagen, seit den 1820er Jahren in Paris üblich.

126 *Tartarus:* die Unterwelt der griechischen Mythologie.

169 An Eduard G.

Entstehung: 1854.

Druckvorlage: Niederschrift fremder Hand.

Das Gedicht ist an den französischen Schriftsteller und Übersetzer Edouard Grenier (1819–1901) gerichtet, der zeitweise mit Heine zusammengearbeitet und Texte von ihm übersetzt hat, sich aber später mit ihm überwarf.

2 *panaschiertem:* gestreiften.

170 An meinen Bruder Max

Entstehung: 1852.

Druckvorlage: Handschrift, dort auf den 20. Juli 1852 datiert.

Heine gab seinem Bruder dieses Gedicht kurz vor dessen Abreise aus Paris, wo er ihn von Mitte bis Ende Juli 1852 besucht hatte.

2 *Kuhschwanz:* Studentischer Ausdruck für: Tanzvergnügen.

170 Citronia

Entstehung: 1852 – 54.

Druckvorlage: Niederschrift fremder Hand.

11 *Frau Hindermans:* Bis 1809 Schulmeisterin der Reformierten Kinderschule in Düsseldorf und Heines erste Lehrerin.

28 *Das ist des Schönen Los auf Erden:* Zitat aus Schillers Drama *Wallensteins Tod* (IV,12); vgl. *Simplizissimus I.*, V. 93.

53 *König Tantalus:* Die Götter verurteilten ihn zu Hunger und Durst, wobei Speise und Trank sich jeweils entzogen, sobald er danach griff.
59 *Ein Fluch dem:* Selbstzitat Heines aus *Die schlesischen Weber* (Umkreis der *Neuen Gedichte*).
86 *blauer Dunst:* Bereits hierin liegt eine Anspielung auf Novalis und sein Romanfragment *Heinrich von Ofterdingen*.
98 *Honny soit qui mal y pense!:* (frz.) Ehrlos sei, wer Arges dabei denkt! Wahlspruch des Hosenbandordens, des höchsten in England vergebenen Ordens.

174 Welcher Frevel! Freund! Abtrünnig

Entstehung: 1850er Jahre.

Druckvorlage: Niederschrift fremder Hand.

174 Eduard

Entstehung: 1854/55.

Druckvorlage: Niederschrift fremder Hand.

Die Person, an die dieses Gedicht gerichtet ist, läßt sich nicht identifizieren.

1 *Panaschierter:* gestreifter.

175 Hab eine Jungfrau nie verführet

Entstehung: 1854.

Druckvorlage: Handschrift.

175 Am Himmel Sonne Mond und Stern

Entstehung: 1854/55.

Druckvorlage: Handschrift.

Literaturhinweise

Ausgaben

Heinrich Heine: Sämtliche Schriften. Hrsg. von Klaus Briegleb. 6 Bde. München 1968–76.

Heinrich Heine: Säkularausgabe. Werke, Briefwechsel, Lebenszeugnisse. Hrsg. von den Nationalen Forschungs- und Gedenkstätten der klassischen deutschen Literatur in Weimar und dem Centre National de la Recherche Scientifique in Paris. Bd. 3: Gedichte 1845–1856. Bearb. von Helmut Brandt und Renate Francke. Berlin 1986.

Heinrich Heine: Historisch-kritische Gesamtausgabe der Werke. Hrsg. von Manfred Windfuhr. Bd. 1–16. Hamburg 1973–97 [Düsseldorfer Heine-Ausgabe]. Bd. 3: Romanzero. Gedichte. 1853 und 1854. Lyrischer Nachlaß. Bearb. von Frauke Bartelt und Alberto Destro. Hamburg 1992.

Allgemeine Darstellungen mit weiterführender Bibliographie

Brummack, Jürgen (Hrsg.): Heinrich Heine. Epoche – Werk – Wirkung. München 1980. [Zu den späten Gedichten: S. 255–286.]

Höhn, Gerhard: Heine-Handbuch. Zeit, Person, Werk. 2., aktualis. und erw. Stuttgart 1997.

Sammons, Jeffrey L.: Heinrich Heine. Stuttgart 1991. (Sammlung Metzler. 261.) [Zu den späten Gedichten: S. 126–134, 145–149.]

Werner, Michael (Hrsg.): Begegnungen mit Heine. Berichte der Zeitgenossen. 2 Bde. Hamburg 1973.

Einzeluntersuchungen zu den späten Gedichten

Boie, Bernhild: Am Fenster der Wirklichkeit. Verflechtungen von Wirklichem und Imaginärem in Heinrich Heines später Lyrik. In: Deutsche Vierteljahrsschrift für Literaturwissenschaft und Geistesgeschichte 48 (1974) S. 342–353.

Espagne, Michel: Les fables de Heine. Manuscrits et contrainte générique. In: Cahier Heine 3 (1984) S. 89–115.

Fingerhut, Karlheinz: »Das Sklavenschiff«. In: Interpretationen.

Gedichte von Heinrich Heine. Hrsg. von Bernd Kortländer. Stuttgart 1995. (Reclams Universal-Bibliothek. 8815.) S. 195–225.

Guy, Irene: Sexualität im Gedicht. Heinrich Heines Spätlyrik. Bonn 1964.

Hinderer, Walter: Die Suppe der Nützlichkeit oder Mit Speck fängt man Ratten. In: Geschichte im Gedicht. Texte und Interpretationen. Hrsg. von Walter Hinck. Frankfurt a. M. 1979. S. 118–127.

Holub, Robert C.: Heine and Utopia. In: Heine-Jahrbuch (1988) S. 86–112. [Zu »Bimini«.]

Knüfermann, Volker: Symbolische Aspekte Heinescher Lyrik. In: Études Germaniques 17 (1972) S. 379–387.

Kruse, Joseph A.: Heinrich Heine – Der Lazarus. In: Heinrich Heine. Ästhetisch-politische Profile. Hrsg. von Gerhard Höhn. Frankfurt a. M. 1991. S. 258–275.

Oehler, Dolf: »Die Wanderratten«. In: Interpretationen. Gedichte von Heinrich Heine. Hrsg. von Bernd Kortländer. Stuttgart 1995. (Reclams Universal-Bibliothek. 8815.) S. 237–256.

Peters, Paul: Die Abbildung des Bildlosen. Zu Heinrich Heines »Morphine«. In: Heine-Jahrbuch (1991) S. 134–151.

Pistiak, Arnold: »Wie langsam kriechet sie dahin«. In: Interpretationen. Gedichte von Heinrich Heine. Hrsg. von Bernd Kortländer. Stuttgart 1995. (Reclams Universal-Bibliothek. 8815.) S. 226–236.

Prawer, S. S.: Heine the Tragic Satirist. A Study of the Later Poetry 1827–1856. Cambridge 1961.

Preisendanz, Wolfgang: Die Gedichte aus der Matratzengruft. In: W. P.: Heinrich Heine. Werkstruktur und Epochenbezüge. München 1973. S. 99–130.

Zagari, Luciano: »Das ausgesprochene Wort ist ohne Scham«. Der späte Heine und die Auflösung der dichterischen Sprache. In: Zu Heinrich Heine. Hrsg. von Luciano Zagari und Paolo Chiarini. Stuttgart 1981. S. 124–140.

Nachwort

I

Liest man die Briefe aus der Zeit von Entstehung und Erscheinen der *Gedichte. 1853 und 1854* oder studiert die Chronik der um Heine herum laufenden Ereignisse der Jahre 1852 bis 1856, so ergibt sich ein merkwürdiger Eindruck. Da liegt ein todkranker Dichter in seiner Matratzengruft 50 rue d'Amsterdam, gelähmt, fast blind, von Krämpfen geschüttelt, mit oft ganze Nächte andauernden Erstikkungsanfällen, der nur mehr unter immer höheren Dosen Opium noch existenzfähig ist; und gleichzeitig umgibt diesen scheinbar lediglich noch auf den Tod wartenden Mann eine geradezu hektische Aktivität. Er arbeitet unablässig an der Abfassung, Umarbeitung und Übersetzung seiner Texte, entwirft Pläne für Sammel- und Gesamtausgaben, müht sich um Rezensionen für seine Bücher, geht gegen unberechtigte Nachdrucke vor und steuert Pressekampagnen gegen literarische Gegner.

Parallel dazu verhandelt er in endlosen Briefketten mit seinem Verleger im fernen Hamburg, schmeichelt, beleidigt und zieht überhaupt alle Register, um seine Verhandlungsziele durchzusetzen, die zum einen in der Abrundung seines literarischen Werkes durch eine Gesamtausgabe seiner Schriften, zum anderen aber vor allem darin bestehen, noch möglichst viel Honorar für seine Neuproduktionen und Überarbeitungen herauszuschlagen. »Er bekommt keine Zeile Manuscript mehr von mir umsonst, und ich lasse Alles in meinem Portefeuille liegen«, heißt es im Bezug auf Campe im Brief an die Mutter vom 18. August 1853, und der hartnäckige Vertragspoker um die *Vermischten Schriften* erweist Heine als zumindest zähen Verhandlungspartner. Ob er auch besonders geschickt vorgegangen ist, darf man allerdings bezweifeln: Zu oft hat er Campe unnötig brüskiert und sein großes Ziel, den Beginn der deutschen Gesamtausgabe noch unter seiner Aufsicht, denn ja auch verfehlt.

Eine der großen Antriebsquellen von Heines Aktivität der letzten Jahre war, nach den Erfahrungen des Erbschaftsstreites mit seinem Vetter Carl in Hamburg, die Vorstellung, er könne seine Frau unversorgt zurücklassen. Sorgfältig beobachtet er deshalb die Finanz- und Aktienmärkte und gibt seiner Bank Auftrag zum An- und Verkauf von Wertpapieren. Vor allem Eisenbahnaktien sind Heines Spekulationsobjekt: Mit den Papieren der Eisenbahngesellschaft Paris – Straßburg und schließlich der österreichischen Staatseisenbahn erzielt er teilweise recht ansehnliche Spekulationsgewinne.

Neben solchen Anstrengungen im Verfolg eigener Interessen erreichen ihn unablässig fremde Wünsche von allen Seiten: Anfragen wegen Beiträgen zu Zeitschriften, wegen der Begutachtung literarischer Werke oder wegen Autographen; Besuche, denen er jetzt nicht mehr entfliehen kann; Angriffe, die er immer noch mit Eifer erwidert bzw. überhaupt erst provoziert, wie die Auseinandersetzung mit Jakob Venedy, mit Joseph Dessauer, seine – ungerechte – Haßkampagne gegen Meyerbeer, Streit und Ärger mit Übersetzern und Sekretären, mit Vermietern, Ärzten und Krankenpflegerinnen.

So paradox es klingt: Man kann sich Heines langsames Sterben in der Matratzengruft gar nicht öffentlich genug vorstellen. Der Besuch der Abordnung eines Kölner Männergesangvereins, die an seinem Krankenbett einige Lieder anstimmt, stellt da nur den grotesken Höhepunkt dar. Und Heine hat diese öffentliche Rolle auch ganz bewußt angenommen, sich nicht nur nicht hinter den Vorhang seines Schlafzimmers zum Sterben zurückgezogen, sondern den Kontakt, die Auseinandersetzung mit der Welt geradezu gesucht. Die *Gedichte* sind dafür der beste Beweis. Zwar knüpfen sie ganz offensichtlich an die Schreibweise der *La-*

mentationen aus dem *Romanzero* an, schreiben deren Ton aber nicht bloß fort, sondern intensivieren ihn noch einmal, zielen fast noch eindringlicher, noch umwegloser auf das Wesentliche. Heine selbst betont gegenüber dem Verleger Campe die Neuheit ihres Tons: »Die Poesien sind etwas ganz Neues und geben keine alten Stimmungen in alter Manier« (Brief vom 3. August 1854). Und Alfred Meißner überliefert eine noch überschwenglichere Charakteristik. Danach hat Heine zu ihm in bezug auf die *Gedichte* gesagt: »Ja, ich weiß es wohl, das ist schön, entsetzlich schön! Es ist eine Klage wie aus einem Grabe, da schreit ein Lebendigbegrabener durch die Nacht, oder gar eine Leiche, oder gar das Grab selbst. Ja ja, solche Töne hat die deutsche Lyrik noch nie vernommen und hat sie auch nicht vernehmen können, weil noch kein Dichter in solch einer Lage war« (Werner Michel, Hrsg., *Begegnungen mit Heine. Berichte der Zeitgenossen*, Bd. 2, Hamburg 1973, S. 351 f.).

II

Schon das erste Gedicht schlägt leitmotivisch für die ganze Gruppe dieses Thema von Tod und Grab an. Gleichzeitig knüpft es aber auch bei der eingangs geschilderten Unruhe an, die den »Lebendigbegrabenen« umgab: Ruhe gibt es nicht für Tote, die noch auf der Erde sind, Ruhe gibt es erst im wirklichen Grabe.

> O Grab, du bist das Paradies
> Für pöbelscheue zarte Ohren [...]

Die Welt als Geräuschkulisse, als Folie aus Lärm und Klang: Für den bewegungsunfähigen und fast blinden Dichter eine Realität. Das Ohr war sein letztes intaktes Organ, um die Außenwelt an sich heranzuholen. Bis zum Schluß spielt deshalb das Motiv der Geräusche eine wichtige

Rolle in den späten Gedichten. In *Es träumte mir von einer Sommernacht*, einem der allerletzten Texte, wird der Gegensatz von Grabesstille und Lärm der Außenwelt erneut zum konstitutiven Moment. Aber auch die auffällige Rolle, die die Musik und Musikerfiguren in den *Gedichten* spielen, ist von daher zu verstehen. Liszt und Wagner treten auf, und insbesondere Meyerbeer wird bereits im Eingangsgedicht und dann in verschiedenen anderen zum Gegenstand heftiger Polemik. Das hat nur teilweise seinen realen Hintergrund in der Enttäuschung Heines über Meyerbeers Verhalten in einer Angelegenheit, in der er ihn um Hilfe gebeten hatte. Vielmehr wird die Musik hier auch zur Stellvertreterin der Kunst ganz allgemein. Meyerbeers zur Manier erstarrte ›große Oper‹, deren Erfolg sich zu einem großen Teil auf Reklame stützt, verkörpert genau wie das von Wagner vertretene neue Musiktheater (vgl. das Gedicht *Jung-Katerverein für Poesie-Musik)* oder das in Liszt längst zur bloß kommerziellen Pose verkommene Virtuosentum (vgl. *Mimi*) den Niedergang der Kunst. Im *Atta Troll* schrieb Heine noch sehr viel moderater:

Andre Zeiten, andre Vögel!
Andre Vögel, andre Lieder!
Sie gefielen mir vielleicht,
Wenn ich andre Ohren hätte!

Inzwischen hatte sich sein Blick auf die Welt radikalisiert. Im letzten Satz des Eingangsgedichts (»Der Tod ist gut, doch besser wär's, / Die Mutter hätt uns nie geboren«), den er dem Buch Hiob des Alten Testaments abgelauscht hat, wird das Ausmaß der Verzweiflung sichtbar. Und zwar nicht nur Verzweiflung über die eigene furchtbare Lage, sondern allgemeiner Verzweiflung über eine Welt, in der nichts mehr zusammenstimmt und in der auch die Kunst ihre heilende Kraft verloren hat. Denn, wie es im Nachlaßtext *Es kommt der Tod* heißt:

O tröste dich – das ist das Los,
Das Menschenlos, was gut und groß
Und schön das nimmt ein schlechtes Ende.

Schon in den *Lamentationen* war, insbesondere in den Gedichten des *Lazarus*-Zyklus, der eigene körperliche Verfall dem Verfall der Welt und ihrer Werte parallelisiert. Hier in den *Gedichten* wird dieser Zusammenhang noch handgreiflicher und umfassender. Die Lektüre zeigt immer aufs neue ein und denselben Tatbestand: Der Zustand Welt ist ebenso gründlich zerstört wie die Gesundheit des Dichters, sie ist aus den Fugen geraten, nichts in ihr paßt mehr zusammen. »O schöne Welt, du bist abscheulich!« lautet der Refrain des Gedichts *Im Mai* und verstärkt damit die Paradoxie des Leitmotivs vom lebendigen Toten. Der Kontrast von Sonnenschein und Todessehnsucht ist eben kein bloßer Verweis auf die persönliche Lage des Dichters, auch wenn das in diesem Gedicht zunächst den Anschein hat. Wie stets bei Heine wird das Persönliche zum Spiegel eines Allgemeinen, und die unerträgliche Schönheit des Frühlings weist darauf hin, daß die Welt als solche die Balance verloren hat. Spuren und Hinweise dieser Art hat Heine viele und aus sehr unterschiedlichen Bereichen zusammengetragen: Abgründe an Verrat, Lüge, Heuchelei, wohin man blickt. Die Beziehungen in der eigenen Familie (*Affrontenburg*) sind davon ebenso geprägt wie das Verhalten der öffentlichen Wohltäter und Philanthropen (*Erinnerung an Hammonia*, *Der Philanthrop*); hinter der Liebe (*Die Launen der Verliebten*, *Schnapphahn und Schnapphenne*, *Die Wahlverlobten*) steckt die Falschheit ebenso wie hinter wohlmeinenden Ratschlägen (*Guter Rat*). Die Welt ist, wie in dem Nachlaßgedicht *Die Menge tut es*, ein Panoptikum lächerlicher und verlogener Figuren.

Insbesondere die Politik wird zum Paradigma der Verkommenheit. Nach der Revolution von 1848 und ihren Folgen, die Heine als einen enttäuschenden Rückschritt in der Emanzipationsgeschichte begriff, hatte er für Deutschland jede Hoffnung auf eine Wende zum Besseren aufgegeben. Im bestehenden System sah er keinerlei Ansatzpunkte zu einer konstruktiven Kritik; es war adäquat einzig in Form der Satire und Groteske darzustellen. Für die *Gedichte. 1853 und 1854* hatte Heine das Thema zunächst in einer Art satirische ›Königstrilogie‹ gebracht, bevor er mit Rücksicht auf den eben doch mit den beiden anderen Kandidaten nicht zu vergleichenden Georg Herwegh, der damals im Zürcher Exil leben mußte, den Text *Simplicissimus I.* zurückzog. Übrig blieben die beiden Texte *Hans ohne Land* und *Kobes I.*, in denen jeweils die politische Ahnungslosigkeit der deutschen 48er nach allen Regeln der satirischen Kunst karikiert wird bis hin zur Parallelisierung von deutscher Politik und Karneval. Naivität ist auch die Haupteigenschaft, die Herwegh im *Audienz*-Gedicht vertritt. Heine hatte die denkwürdige Begegnung des demokratischen Dichters mit dem preußischen König bereits früher aufs Korn genommen.

Die ganze Verkommenheit der deutschen Verhältnisse und des deutschen politischen Systems wird in *Aus Krähwinkels Schreckenstagen* auf den Punkt gebracht. Die Ansammlung von Merkmalen typischer Untertanmentalität und Obrigkeitshörigkeit kommt als bloße Beschreibung daher und enthält nicht einmal mehr eine explizite Aufforderung zur Veränderung. Dies setzt sich insbesondere in den politischen Tierfabeln aus dem Nachlaß fort. Gedichte wie *König Langohr I.* oder *Die Wahlesel* sind beißende Karikaturen auf den deutschen Paulskirchen-Parlamentarismus, lassen sich aber auch allgemein lesen als hoffnungslose Klage über unverbesserliches Obrigkeitsdenken und politische Blindheit.

An einem Punkt deutet Heine die einzige jetzt, d. h. nach den Enttäuschungen der bürgerlichen Revolution, noch denkbare politische Alternative an. Seine düstere Vision der egalitär-kommunistischen »Wanderratten«, die sich durch nichts und niemanden aufhalten lassen, ist zwar mit einigem Pathos, aber auch mit deutlicher Distanz geschrieben. Heines Furcht vor den »radikalen Rotten« des Plebejertums ist so unverkennbar wie seine Verachtung für die überlebten Einrichtungen des bürgerlichen Staates. Das Thema hatte er in der gedruckten Sammlung nur sehr viel zurückhaltender andeuten können. Am Ende von *Erinnerung an Hammonia* heißt es über die proletarischen Waisenkinder des Glücks:

Die Montur ist nicht egal,
Manchem fehlt das Mittagsmahl;
Keiner geht dort mit dem andern,
Einsam, kummervoll dort wandern
Viel Millionen Waisenkinder.

III

Sinnfälligstes Zeichen für das Auseinanderfallen der Welt ist in Heines Existenz das Auseinanderfallen von Geist und Leib: Während er mit dem Kopf noch teilhat am Leben, ist sein Körper von solcher Teilhabe ausgeschlossen. Heine hat jedoch keineswegs aus der Not eine Tugend gemacht und sich als verklärten Geistmenschen dargestellt, sondern ganz im Gegenteil immer wieder die Schönheiten und Vorzüge des körperlichen Lebens gepriesen und seiner Sehnsucht danach Ausdruck gegeben.
In ironischer Umkehrung der christlichen Sicht tröstet im Gedicht *Leib und Seele* der Leib die Seele über die zu erwartende ewige Langeweile des Himmels. Der Leib, die unvollkommen-irdische Hülle, zieht es vor, wenn auch nur als Häufchen Erde, im Diesseits zu bleiben und wird darob

von der zur Ewigkeit erlösten Seele regelrecht beneidet. (»Ewigkeit, wie bist du lang!«, heißt es noch deutlicher ironisiert in einem der Nachlaß-Gedichte.)

Dieses Gedicht zeigt die Rückseite jener Argumentation, mit der Heine im *Nachwort zum Romanzero* und in den *Geständnissen* seine Rückkehr zu einem Gott begründet hat, es benennt gewissermaßen den zu entrichtenden Preis: mit dem wiedergefundenen Gott wird die ewige Langeweile zum Schicksal. In beiden Texten hatte er seine Wiederentdeckung eines »religiösen Gefühls«, wie es in den *Geständnissen* heißt, mit seiner miserablen Gesundheit begründet. Denn ohne Gott habe er niemanden, bei dem er sich beklagen, auf den er schimpfen, den er um Erlösung von seinem Leiden anflehen könne. Im *Nachwort zum Romanzero* heißt es dann in Bezug auf das ewige Leben, mit dem Gottesglauben werde dem Menschen »die Unsterblichkeit der Seele, unsre Fortdauer nach dem Tode« dann »gleichsam mit in den Kauf gegeben, wie der schöne Markknochen, den der Fleischer, wenn er mit seinen Kunden zufrieden ist, ihnen unentgeltlich in den Korb schiebt«. Das Gedicht beschreibt nun seinerseits die Situation, die eintritt, wenn die aus dem Knochen hergestellte Kraftbrühe ausgelöffelt ist und mangels Leib nicht mehr gebraucht wird.

Überhaupt ist die religiöse Thematik dieser Gedichte allgegenwärtig und dabei vom reumütigen Ton des heimgekehrten verlorenen Sohnes aus den beiden Dokumenten seiner ›Bekehrung‹ sehr deutlich unterschieden. In eine ähnliche Richtung wie das *Leib und Seele*-Gedicht zielt *Himmelfahrt*, das den Himmel als deutsche Spießerhölle schildert, als eine Veranstaltung, zu deren Voraussetzungen gehört, daß man gut lügt, heuchelt, dienert und vor allem seinen Vorteil sucht. Man fühlt sich erinnert an die Bemerkung am Schluß des *Romanzero*-Nachworts, wo in ironischer Brechung davon die Rede ist, daß im Jenseits alles so bleiben wird, wie es auf Erden war und die Persönlichkeiten sich nicht ändern. Im übrigen soll ja auch das eitle und etwas kopfschwache weiße Mäuschen nach der Auferstehung die »Roten Pantoffeln«, für die es im gleichnamigen Gedicht gestorben ist, auf seinem Grabe finden und wenigstens im Jenseits tragen können.

Die Religionskritik im *Sklavenschiff* dementiert in ihrer rigorosen Härte alle in den Bekehrungstexten geäußerten Demutsgesten. Das Gebet des Kaufmanns am Ende des Gedichts, Gott möge die Leben der Schwarzen verschonen, damit seinem Geschäft kein Schaden entstehe und sein Profit vermehrt werde, ist an Zynismus und Menschenverachtung kaum zu überbieten. Und doch gewinnt diese Passage ihre Schärfe auch für den heutigen Leser gerade aus dem Umstand, daß sie völlig der Logik des Systems gehorcht: Der Kaufmann verhält sich wie alle Christen, die ihren Gott für ihre ganz privaten Zwecke und Absichten in Anspruch nehmen und ihm ihr persönliches Geschick anvertrauen. Er verhält sich im Prinzip nicht anders als Heine selbst, wenn er, wie geschehen, seine Rückkehr zu Gott mit dem Wunsch nach einem Gesprächspartner in der Not begründet.

Auch dieses Gedicht stellt so die von Heine als bewußte Selbstentmündigung geschilderte ›Rückkehr zu einem Gott‹ in Frage, ironisiert sie auf eine ganz eigentümliche Weise. Wenn er sich dann in den *Geständnissen* hinsichtlich der Religion auf dem Niveau des Negersklaven Tom (des Helden aus dem Roman *Onkel Toms Hütte*) angekommen sieht, so ergibt sich erneut ein merkwürdiger Zusammenhang zwischen Heines neuer Religiosität und der Religionssatire im Gedicht *Das Sklavenschiff*.

Besonders intensiv ist die religiöse Auseinandersetzung innerhalb des Zyklus jedoch in verschiedenen Texten der Gruppe *Zum Lazarus*. Schon das erste Gedicht (*Laß die heilgen Parabolen*) stellt die religiöse Sinnfrage in aller Kompromißlosigkeit und ohne beruhigende Antwort. Im Grunde liefert dieser Text eine Verschärfung und Zuspit-

zung jenes Befundes aus dem Gedicht *Weltlauf*, mit dem Heine die *Lazarus*-Gruppe des *Romanzero* eingeleitet hat. Die Lazarus-Gedichte bilden in gewisser Weise den Kern der gesamten Sammlung, wie überhaupt das Lazarus-Motiv die späte Lyrik vom *Romanzero* bis zu den Nachlaßgedichten zusammenhält. Nicht ohne Grund hat Heine die französische Übersetzung der *Gedichte. 1853 und 1854* mit *Livre de Lazare* überschrieben und den Titel »Buch Lazarus« auch brieflich gegenüber seinem Verleger benutzt. Wie die Zuweisungen von 17 Gedichten innerhalb der Nachlaßgedichte zur Lazarus-Gruppe zeigen, hatte er nach Erscheinen der *Vermischten Schriften* offenbar noch den Plan, eine eigene Sammlung von Lazarus-Gedichten herauszugeben.
Die Forschung hat immer wieder auf die verschiedenen Elemente hingewiesen, die in der von Heine angenommenen Lazarus-Rolle zusammenfließen. Das sind zunächst die beiden Lazarus-Gestalten des Neuen Testaments: Lazarus, der durch Jesus von den Toten auferweckte Bruder der Maria und Martha von Bethanien (Joh. 11,1–44 und 12,1–11), und Lazarus der aussätzige Bettler, der von den Brosamen lebt, die vom Tisch des Reichen fallen und dem die Hunde die Schwären lecken, der aber nach seinem Tod in Abrahams Schoß ausruhen kann (Lk. 16,19–31). Hinzu kommen die alttestamentlichen Gestalten des Jeremias, des Verfassers der Klagelieder, der »Lamentationen«, und vor allem die des Hiob. Dabei konnte Heines Interesse an der Lazarus-Figur durch seine französische Umgebung, wo dieser Name eine weit größere Rolle spielte (und spielt) als in Deutschland, zusätzlich geweckt werden: Er lebte in unmittelbarer Nähe einer Straße, eines großen Krankenhauses (»Lazarettes«) und eines Bahnhofs, die den Namen des Heiligen Lazarus (Saint Lazare), des Schutzheiligen der Aussätzigen, trugen.
Die vielfältigen Konfigurationsmöglichkeiten der Figur hat Heine nur teilweise genutzt. Wegen der eigenen Krankheit lag einerseits die persönliche Identifikation mit dem Aussätzigen besonders nahe, andererseits aber auch die Verbin-

dung von Krankheit und Poesie. Heine hatte dieses in Romantik und Vormärz sehr verbreitete Bild bereits in seinen ganz frühen Gedichten immer wieder aufgenommen und greift hier selbstverständlich wieder darauf zurück. Dabei hat er am Schluß der *Geständnisse*, vom Erscheinungsort her also in unmittelbarer Nachbarschaft zu den *Gedichten*, mit der Schilderung der Figur eines aussätzigen Sängers des 15. Jahrhunderts sogar ein direktes Bildangebot gemacht: Wie dieser schlägt auch er in der Nähe von Menschen die Lazarusklapper, und macht so auf sein eigenes Gebresten und auf die allgemeine Krankheit der Welt aufmerksam.
Was Heine sicher nicht aus den beiden neutestamentlichen Lazarus-Figuren übernimmt, ist jenes feste Vertrauen auf die jenseitige Erlösung und Wiedergutmachung aller irdischen Leiden und Schmerzen. Hier schiebt sich vielmehr der Anteil einer Überlieferung in den Vordergrund, die der Rolle des Lazarus/Heine ihre entscheidende und ganz eigentümliche Färbung gibt, die des Hiob. Wie wir bereits in den Schlußversen des Eingangsgedichts gesehen haben, steckt der Hintergrund des Buches Hiob für Lazarus/Heine gewissermaßen das Revier ab. In unmittelbarer Nachbarschaft der *Gedichte* erschien im ersten Band der *Vermischten Schriften* auch der Artikel *Ludwig Marcus. Denkworte* aus dem Jahr 1844, den Heine für den Neuabdruck um eine Note ergänzte. In dieser Note geht es an zentraler Stelle um das Buch Hiob. Er bezeichnet es als eine »überstarke Dosis Zweifel« und als »das Hohelied der Skepsis, und es zischen und pfeifen darin die entsetzlichen Schlangen ihr ewges: Warum?« Es war Immanuel Kant, der als erster die Ungeheuerlichkeit, die Frevelhaftigkeit dieser Frage im Kontext der religiösen Weltvorstellung umgedeutet hat zu einer positiven Chance. Die Frage nach dem »Warum« kann auch verstanden werden als ein Zeichen menschlichen Selbstbewußtseins gegenüber dem göttlichen Weltenplan, als Tor, durch das der moderne Mensch aus der selbstverschuldeten Unmündigkeit heraustreten kann, als Tor zur Aufklärung.

Heine ist diese Tradition der Hiob-Lektüre sicher bekannt gewesen. Auch hinsichtlich des Hiob geht sein Verständnis über den persönlichen Bezug hinaus, sind Skepsis und Zweifel nicht nur, wie es in *Ludwig Marcus* akzentuiert wird, als persönliches Ventil gesehen, für den, der sich »grausam gekränkt fühlt in seinen Ansprüchen auf Lebensglück«. Hiob gibt dem Dulder und Leider Lazarus seine Würde zurück, nur aus seiner selbstbewußten Perspektive ist ein Nachdenken und vor allem auch ein Schreiben über das Leiden und Sterben überhaupt möglich, weil erträglich. Denn in der ästhetischen Beschreibung des Leidens behauptet sich die Souveränität des Geistes und der Poesie gegen die Zwänge des körperlichen Verfalls. Gerade die tragische Ironie, die in dieser ungebrochenen Möglichkeit selbstbewußten Verhaltens im Medium der Poesie einerseits und dem totalen Ausgeliefertsein an den körperlichen Verfall andererseits liegt, formulieren die Gedichte der Lazarus-Gruppe in immer neuen Variationen. Beide Positionen treten jetzt hoffnungslos weit auseinander, eine Vermittlung scheint nicht mehr möglich. Das *Bimini*-Fragment gibt melancholische Auskunft über die vergebliche Hoffnung, im Land der Poesie auf den Brunnen ewiger Jugend zu stoßen, in der Zauberwelt der Kunst die Erlösung vom realen Leiden zu finden. Der in der Kunst formulierte Sinn, die mit ihr entwickelten Perspektiven und Hoffnungen, sind mit dem realen Zustand der Welt in keiner Weise mehr vermittelbar. Der unendliche Abstand zwischen beiden Sphären, zwischen Poesie und Realität, wird gerade in Heines ganz späten Gedichten sichtbar. Am Schluß des *Lazarus*-Zyklus des *Romanzero* im Gedicht *Enfant perdu* hatte der Dichter noch voller Pathos das Einzelschicksal der großen Sache untergeordnet:

> Der eine fällt, die andern rücken nach –
> Doch fall ich unbesiegt, und meine Waffen
> Sind nicht gebrochen – Nur mein Herze brach.

In den beiden späteren *Epilog*-Gedichten hingegen wird in drastischer Weise darauf hingewiesen, daß ein Leben in der Dichtung keine Alternative zum wirklichen Leben ist, und sei es ein Leben unter Gaunern und Dieben, oder, wie im *Epilog* aus dem Nachlaß, unter schwäbischen Philistern in »Stukkert am Neckar«:

Leben wie der ärmste Knecht
In der Oberwelt ist besser,
Als am stygischen Gewässer
Schattenführer sein, ein Heros
Den besungen selbst Homeros.

Die Rolle des Dichters, zumal des »größten der Humoristen« (*Die Söhne des Glücks*) ist damit an ein tragi-komisches Ende gekommen. Ihm bleibt nur mehr, wie in dem spektakulär-witzigen *Beine hat uns zwei gegeben*, den Verlust jeder Teleologie ironisch zu bestätigen:

Auf demselben Dudelsack
Spielt dasselbe Lumpenpack.
Feine Pfote, derbe Patsche
Fiddelt auf derselben Bratsche,
Durch dieselben Dämpfe, Räder
Springt und singt und gähnt ein jeder
Und derselbe Omnibus
Fährt uns nach dem Tartarus.

IV

Und doch gibt es unter den späten Gedichten eine Gruppe, in der jener Streit zwischen Schönheit und Wahrheit überwunden ist, den Heine in *Es träumte mir von einer Sommernacht* als ewig-langweilge Kontroverse bezeichnet. Es sind die Liebesgedichte an seine Frau Mathilde einerseits und an die Geliebte der letzten Monate, die ›Mouche‹ Elise Krinitz, seine »Gesundheitsliebe«. Die Gedichte für Mathilde formulieren einmal mehr die Rolle des Beschützers, des Hirten, der wie ein Pelikan die ihm Anvertraute versorgt hat und sie jetzt schutzlos zurücklassen muß, zumal an einem äußerst gefährlichen Platz, in Babylon-Paris (*Babylonische Sorgen*). Mitten in der tristen Beschreibung von Leiden und Sterben, Trost- und Hoffnungslosigkeit kommt in diesen Gedichten so etwas wie Sinn zum Vorschein: Die Sorge für die geliebte Frau hatte Heine ja tatsächlich einen Teil der Kraft zum Überleben gegeben. Deutlich wird aus den Texten allerdings auch, daß es wirklich dieses Gefühl der Verantwortung ist und weniger die Figur der geliebten Person selbst, aus der diese Kraft entspringt. Mathilde wird mit ihrem Blumenstrauß (»Den Strauß, den mir Mathilde band«) eher zur Inkarnation jenes gegenweltlichen »blühenden Lebens«, vor dem sich der Dichter graust, weil er sich für immer davon ausgeschlossen weiß.

Anders ist das mit der Figur der Geliebten. Zwar wird auch hier voll komischer Verzweiflung der Abstand zwischen Geist und Körper, dichterischer Welt und realer Welt, poetischer Liebessehnsucht und sexueller Erfüllung empfunden und beschrieben (»Worte! Worte! keine Taten! / Niemals Fleisch, geliebte Puppe«; »jedem von beiden bleibt fremd / Was bei dem andern befindlich / Wohl zwischen Seel und Hemd«). Dabei wird das körperliche Unvermögen des Geliebten noch zusätzlich dadurch ironisiert, daß Heine sich spielerisch auf Metaphern seiner frühen, entsagungsvollen Liebeslyrik rückbezieht:

> Sie sei eine Lotosblume,
> Bildet die Liebste sich ein
> [. . .]
>
> Doch statt des befruchtenden Lebens
> Empfängt sie nur ein Gedicht.

Man erinnert sich an: »Du bist wie eine Blume« oder »Die Lotosblume ängstigt / Sich vor der Sonne Pracht« und andere Gedichte des *Buchs der Lieder*. Und doch sind es die Traumwelten der Poesie, in denen auch dem Todkranken die Versöhnung zumindest für Augenblicke noch gelingt. In *Es träumte mir von einer Sommernacht* verwandelt sich dem im Grabe Liegenden im Traum eine Blume in das Gesicht der Geliebten – eine Szenerie, die so auch im *Buch der Lieder* vorkommt. Der Lebendigbegrabene erlebt jenseits aller Kämpfe und Leiden, vor allem auch jenseits allen Lärmens der Welt – das Motiv des Eingangstextes der *Gedichte* wird hier wieder aufgenommen –, in der stummen Zwiesprache mit der Geliebten einen Moment von Erfüllung und Erlösung, einen Moment, der freilich nicht von Dauer sein kann und bald durch einen »rülpsend ekelhaften Mißlaut« gebrochen und zerstört wird.

Verzeichnis der Gedichtüberschriften und -anfänge

Inhalt

Heinrich Heine

IN RECLAMS UNIVERSAL-BIBLIOTHEK

Atta Troll. Ein Sommernachtstraum. 216 S. UB 2261

Aus den Memoiren des Herren von Schnabelewopski. 95 S. UB 2388

Die Bäder von Lucca. Die Stadt Lucca. 184 S. UB 3602

Buch der Lieder. 408 S. UB 2231

Deutschland. Ein Wintermärchen. 96 S. UB 2253

Der Doktor Faust. Ein Tanzpoem nebst kuriosen Berichten über Teufel, Hexen und Dichtkunst. 117 S. UB 3605

Gedichte. 208 S. UB 8988

Gedichte. 1853 und 1854. – Lyrischer Nachlaß. 247 S. UB 2251

Die Harzreise. 88 S. UB 2221

Ideen. Das Buch Le Grand. 96 S. UB 2623

Neue Gedichte. 331 S. UB 2241

Der Rabbi von Bacherach. Ein Fragment. 88 S. UB 2350

Die romantische Schule. 451 S. UB 9831

Romanzero. 303 S. UB 2250

»Der Liebe Glut, sie geht zum Teufel«. Heine zum Vergnügen. 167 S. UB 9630

Sämtliche Gedichte. 1117 S. Gebunden (Reihe Reclam)

Interpretationen. Gedichte von Heinrich Heine. 268 S. UB 8815

Philipp Reclam jun. Stuttgart